曹海英
Cao Haiying

中国作家协会会员。祖籍河北泊头。1970 年生于宁夏汝箕沟。
1992 年毕业于西北民族大学历史系。创作以散文、中短篇小
说为主。作品获第九届宁夏文艺奖短篇小说三等奖，银川市
第二届、第三届贺兰山文艺奖小说一等奖等。出版短篇小说
集《左右左》《私生活》等。

黑色版图

曹海英
Cao Haiying

著

黄河出版传媒集团
阳光出版社

图书在版编目（CIP）数据

黑色版图 / 曹海英著. —— 银川：阳光出版社，
2021.8
（我们的时代 / 唐晴，谢瑞主编）
ISBN 978-7-5525-6066-4

Ⅰ. ①黑… Ⅱ. ①曹… Ⅲ. ①散文集 - 中国 - 当代
Ⅳ. ①I267

中国版本图书馆CIP数据核字(2021)第173973号

我们的时代　黑色版图　　　　　　　　　　　曹海英　著

责任编辑　丁丽萍　郑晨阳
封面设计　赵　倩
责任印制　岳建宁

黄河出版传媒集团
阳　光　出　版　社　出版发行

出 版 人　薛文斌
地　　址　宁夏银川市北京东路139号出版大厦 （750001）
网　　址　http://www.ygchbs.com
网上书店　http://shop129132959.taobao.com
电子信箱　yangguangchubanshe@163.com
邮购电话　0951-5014139
经　　销　全国新华书店
印刷装订　山东新华印务有限公司
印刷委托书号　（宁）0022077

开　　本　880 mm×1230 mm　1/32
印　　张　8
字　　数　170千字
版　　次　2021年8月第1版
印　　次　2021年12月第1次印刷
书　　号　ISBN 978-7-5525-6066-4
定　　价　42.00元

目 录

黑色的种子

一

那时候，我还没有见过真正的向日葵，只是从宣传画上看到过。宣传画上画了个大大的太阳，下面是一片向日葵，底下有一行字——葵花朵朵向太阳。红红黄黄的颜色在绿叶的衬托下，明亮鲜艳，好像一个个穿着花领子的大头娃娃。

现实生活中，我跟向日葵唯一的关联，是葵花子。

十斤葵花子，外加十斤花生，我要在两天内炒完。这是每到过年时，我必须完成的任务。

那些天，家里的一日三餐，完全打破了平常的规律。炉火整天都被占用着，不是炸面食，就是炸鱼炸丸子，过年吃的东西在一两天内全部都要备齐。家家户户都发了副食补贴，平时少有的福利，此时也多多少少都有了些。在这忙碌的缝隙里，一日三餐也是能将就就将就了。

炸完油香，就开始炒瓜子。

我在炉子跟前一站几乎一天。家里最大的铝锅里，勺子搅着葵花子不停地翻动，以保证不煳不生，恰到好处。一天差不多得炒八九锅。两天下来，我的脸和我的身体，被炉子烤得热热的，整个人都被烤得肿胀起来，脸皮又干又紧，好像包不住膨胀的小脸，像画上绽开的向日葵。手肿得像小馒头，手指尖一跳一跳的。即使这样，全部炒好之前也不能离开。炒生了要返工，炒煳了要挨骂。人被死死绑在炉子跟前两天，不停地重复单调的动作。差不多每一次炒到最后，我的眼睛就会生出麦粒肿。被炉子生生烤出的毒火从眼皮里面冒了出来。

火烤和火烤后眼睛的肿痛，成为我过年时最深的记忆，即使好吃的在随后几天里潮水般涌来，也难以抵消这熊熊火焰所带来的痛苦。

我至今不太爱吃炒瓜子和炒花生，不知道是不是与我小时候的这段经历有关，与我在炉子跟前炒它炒到崩溃有关。

站在炉边的我，和在锅里翻滚的瓜子——只要一说到向日葵，我就想起在炉边被烤得又热又肿的眼睛，和由此带来的好几天的难受和面目丑陋。

这也是我对向日葵的最初印象。我只知道它是最常见的大人小孩淡嘴的零食。而我是这零食的加工者。

炒与被炒，吃与被吃，似乎界定了我一开始对向日葵的认识。

二

春天来了，我们回到学校。

课堂上，老师布置大家模仿许地山的《落花生》写一篇作文。

这是整个小学时代，我记得最清楚的一篇文章。老师当时并没有告诉我们为什么要模仿，甚至没有给我们详细解释什么叫模仿。

很快，老师就看到了三十八篇一样的作文——班里的三十八个孩子把这篇《落花生》整个抄了一遍。当然，也不是全抄，有所变化的只是"花生"两个字。以我的作文为例，我把花生改成了土豆，然后，其他的几乎一个字也没有改。其他同学跟我一样，不过是用地瓜、胡萝卜等等代替了花生。于是，就有了三十八篇一模一样的"模仿"之作。

三十八篇作文之外，有一篇作文被老师当作范文，老师叫黄同学站起来给大家念。黄同学站在座位上，用有些低沉的声音，让我们集体欣赏了一遍。

他写的是大家都熟悉的瓜子。

他写道，他很想知道向日葵的脸是不是时时朝着太阳，他的妈妈就给了他一粒没有炒的生瓜子，让他种到花盆里。然后，他看着葵花发出芽，长成苗，一天天长高。这篇作文只写了他种下瓜子，等待它发芽和长高的过程，写下了在那个春天正发生的事情。

花生与瓜子，一个长在天上，一个生在土里，竟然可以模仿得丝丝入扣，仅仅是因为都可以拿来炒、炒熟了都可以吃吗？黄同学真聪明！

这篇范文彻底让我明白了什么叫模仿，更完全颠覆了我对瓜子的认识。我从来没有想过，除了吃掉它，还可以种它，看着它发芽。

我见过抽芽的大蒜。临近春天的大蒜围在盘子里，就能长出蒜苗。我还见过黄豆绿豆捂在盆子里，可以长出豆芽。这两样东西都不需要土，只要有水就行。临近春末的土豆、胡萝卜、白菜发了芽，总是不能吃而直接被扔掉，从来没有谁会想到把发芽的冬储菜种到土里。更没有人想过，花盆里可以种瓜子，并且这样的事情可以拿来写成一篇作文。

种植的事情，离我们是那样的远。拿什么来模仿，写出一段自己的经历呢？

三

植物孕育和成长的过程，似乎是我们绝大多数矿区孩子生命经验之外的事情。我们这些吃煤矿饭长大的孩子，大多从小没有种植的经历，也大都是五谷不分的。有几个人真正看见过播种收获，真正见识过大地上的耕耘？没有。

我们的土地粗糙干硬，哪个山旮旯里都找不到成片完整的黄土之地，不是沙土就是砾石，从来没有人打算在这样的地上种东西。

这样的山地上生长着品种有限的稀疏植物。最常见的叫得上名字的不过是芨芨草、野榆树、山杏树。

山沟里、山坡上，像毛线针一样细长硬挺的芨芨草多是一小丛一小丛地抱团生长；山杏则是隔一段距离散落着一棵，矮小蜷缩，并不起眼；榆树更少，都长得不高，不管老树还是小树，树皮都是极粗糙的，像是经霜历雨的小老头。这几种植物，我们出生前就在矿区周围的沟壑里，迎风而生，随风而长。在我印象里，多少年来它们似乎都没有什么变化，从来没有展拓过，也从来没有苍翠过，似乎一出生就是这副样子，就是这般苍老。

矿上的孩子最熟悉的是山杏树。这是一种低矮多刺的灌木，算是山间最常见的树木。山杏树长在沟里也长在坡上，长在沟里的要壮大些，叶子也展拓，长在坡上的更瘦小些。远远看去，山杏树跟山上的石头一个颜色。等天足够暖和时，这四散于山野和石坡上的矮树丛长出了细小的绿叶。叶子是灰绿的、细碎的，掩于粗壮的灰褐色的枝条间。

我一度以为矿山是没有任何植被的，是赤裸的山。其实，矿山上也是长草长树的，即使是零星的、可怜的、稀拉的。它们之所以被忽视，大概是因为山连着山，山的躯体是那样广阔辽远，而树和草显得那样微小，散落在角落，如同隐身于山体中。

春天，天气突然转暖的几天，山杏花开了。

略有些淡粉的小小的花，隐在灰褐色的枝干上，开得那么羞涩，那么低沉。如果不是打它身边走过，你是留意不到的。它太不起眼了。它留在枝上的时间是那么的短，一阵风后又一阵风便落了。它要用力地活着，用力靠这样的不起眼活着，如果太过张扬，像平原地带的花那样肆意，也许根本挡不住更加肆虐的山风，连一天都活不过。这些细小卑微的花朵，悄悄躲过了春天最强劲的山风，在不起眼中，在不被注意中活过了一季，直待山杏树上长满了细小的如同细芽般的叶子。

山杏花开谁看过？应该不多吧。

在我十八岁以前，我从来不知道，像许多果树一样，山杏树是先开花再长叶子，然后才结果的。我从来没有见过果树，矿沟里怎么可能有果树呢？不管是远观还是近瞧，我最多看到山间细小的绿，阳光暴晒下，那缺少水分的灰绿。连它结出来的小果子也一样，是灰绿色的。

那山杏的样子和我们吃到的甜杏一模一样，外面有一层果肉，里面是杏核。不过，山杏大概只有甜杏的十分之一，也许更小。这样小的杏子，外面的果肉几乎就是一层皮，是酸涩的，根本不能吃。里面包着的是小小的杏核。

如果没有这山杏核，我对矿山的记忆，也许就完全是另一种样子，或是另一种空白。

每到七八月间，矿上的孩子们结伴去山上揪野山杏。这种采摘更像是一种游戏，少了些劳作般的苦。山杏树分散在山坡上，一棵与另一棵相隔很远，如果不是游戏般地，如何跑遍好几个山坡而完成漫长的采摘？

一个上午或者一个下午，在山上搜索的结果，便是每个人一小布袋的野山杏。这样的游戏持续好些天，直到把附近可能走到的山坡山沟都寻遍。直到每家每户的院子窗台上都晒了一堆，这才罢手。

长得旺的山杏树下常有山杏一样大小的羊粪蛋。连羊也吃这个，不是羊跟人的口味一样，就是实在没得选择，就像矿上的孩子。实在没有什么可吃的，这东西也可以淡淡嘴。

长在枝杈间的山杏，采摘的时候要格外小心。山杏的枝条长满了刺，晒蔫了的叶子和小小的果实就躲在这满是尖刺的枝子上。一不小心就扎着手指头。这小小的果子，似乎因为生长的不易，对这个世界充满了小心和防备。

野山杏拿回家，第一道工序就是去掉外面的果皮，就像去新鲜核桃的绿衣一样。那些干了的已经裂了口子的果皮，用手一揉就掉了。难弄的是那些揪下来还带着绿梗的，皮还有水分，紧紧地扒在外面，去掉它是要费点劲的。不知道是谁想出了个办法，就是用砖头在水泥地上趾。一把山杏放在地上，砖头在上面滚一遍，皮就破了，再来两下，皮就彻底掉了。那些刚被搓掉皮的山杏呈深米色，那是带着少有的水分啊。晾晒，盐水泡，然后再晒，再然后，像炒瓜子一样干炒。

那圆乎乎瓜子般大小的果核，是唯一能让小孩子们敞开吃的零嘴，家家户户不限量，从秋冬可以一直吃到来年的春夏。即使是放开随便吃，一天也吃不了多少。吃多了，牙会受不了的。这东西，硬硬的壳得用大槽牙咬，咬破了壳，吐在手掌心上，把壳肉分离，肉再塞回口里。吃到嘴里，先是苦，后味才是苦中带着香。

炒杏核也是我的家务活。不过，我并不记得炒它有多痛苦。大概是因为炒杏核的时候正是秋天，天气刚转凉，炉子又在院里，并没有那样强烈的烧灼感。山杏的壳较厚，不像瓜子要不停翻炒，可以炒一炒玩一会儿，跟揪杏核一样，有种游戏感。又因为它是不花钱的山货，不是用钱和供应券买来的，何况，吃这东西实在费劲，太折磨牙口了。大人不那么在意，炒好炒坏也就变得有些随意。

说实在的，除了采摘杏核的时节，平时我很少关注它，也没有留意过一棵山杏是如何在石头中生长的。

在我那个年纪，对零零星星遍布山野的山杏并没有多少感知，根本没把它当作值得写进作文的生命。

四

在我家小小的院落里，我也从来没有留意过一盆花的生长。

我们的屋子是水泥地，院子也是水泥地。

屋前倒是条土巷子，可是，煤灰铺的小路被踩得硬邦邦的，上面连一根草都没有长过，只有人们踩踏重叠的脚印，还有狂风刮过四处飘散的浮尘。

这样的土地，很难令人想起和种植有关的事情。

除了种过蒜苗和发过豆芽之外，家里种的唯一的植物是仙人掌。妈妈种它只有一个理由，就是皮实。想起来浇点水，忘了也干不死。

那是从别人家的仙人掌上截下来的切片移栽的。

几盆仙人掌闲在窗台上，绿得灰不溜秋的，一年四季没有什么变化，从没有开过花，从来没有绽放过花红柳绿的颜色。一年四季不变的灰绿色，让人觉得它好像早已变成家里的桌子椅子门窗之类的物什，根本想不起来它是能够知冷知热、发散能量的生命。即使发出新的枝叶——小仙人掌，也大概只有最初几天的嫩绿，很快就又融回灰绿的母体，它的繁衍似乎是一种机械的自我重复。

我对它也并非视而不见——要提防被它的刺扎着。因为有刺而不得靠近，我始终没觉得它是一盆可以开花可以观赏的植物。在遗忘和漠视中，在晒褪了色的陶土花盆里，它几乎是自顾自地偷偷生长着。

在完成老师布置的作文时，我根本没有打量过这灰扑扑的仙人掌。没有什么令人惊喜的开花结果，又不能为人提供什么实用的价值，我理所当然地认为，仙人掌没有什么写进作文的价值。在我不知道写什么时，就用最省事的办法抄下了课文，抄写下了我生活中根本没有过的经历。

五

黄同学站在教室倒数第二排座位上，半边身子浸在阳光里，头发不那么服帖地在头顶撅起一小撮。他念得很慢，声音不大，音腔里却有一种让人心动的东西，好像听到了瓜子发芽冒出土层时的蠢蠢欲动。

瓜子，不再是从前的零嘴。从那个春天的下午起，从那个下午的课堂中，从课堂中的那篇作文里，它似乎披上了一层光，被赋予了一种与以往完全不一样的陌生的美感和生命力。它是一颗可以种到土里的种子，一棵破壳而出的芽苗，一棵待长大的向日葵，一棵可以结出大大花盘的笑脸。

那不再是一粒毛嗑，而是令人生出期待和厚望的生命。

那时候，班里的同学，总爱给别人起外号，实在没有什么突出的生理特征，名字也没有什么可以搞怪的，就以那个人的老家作为外号的依据。南方人就被称作"南蛮子"，北方人就被称作"侉子"，要是宁夏人就被称作"此地娃子"。一律都是可以安得上外号的。

"黄蛮子"，因为这样一篇特别的作文，而成了老师称谓的黄同学。大家觉得"蛮子"这个称呼已经不适合他了，不适合他那具有文采的形象了。"黄蛮子"渐渐没有人叫了。

等到黄同学这个文绉绉的称呼完全叫开时，他转学走了。

黄同学随他的父母回了广东汕头，一个靠海的城市。离开不久，他给班里跟他要好的另一个男生写了一封信，信里说，南方的冬天总是下雨，阴天时海是灰色的。这封信，在好几个同学手里传来传去。山沟沟里的孩子，哪个去过那么远的南方，更别说见过大海了。冬天的海是灰色的，这句话那么寻常又那么意外，似乎让我们通过他的眼睛，第一次看到了真正的海，不是电影上的海，也不是画报里的海，而是黄同学笔下的大海。黄同学亲眼看到的大海，跟他笔下的葵花子一样，那么真实有生机，又那么别有韵味。我第一次对海这个字眼产生了一种特别的感觉。这感觉虽然来自黄同学的亲笔信所传达的二手经验，并不是我自身的感性认识，但是，海从此不再是一个词，而是有了颜色有了质感，甚至可以闻得到海的咸腥湿润。

黄同学的名字，我早就想不起来了，但黄同学的那篇作文，教室里洒满春光的那个下午，我却到现在还记得。

再炒瓜子，我就会下意识地想，这是在炒掉一粒粒生命；再嗑瓜子，我又会下意识地想，这是在吃向日葵的种子。那些种子吃到肚子里，果真能像童话故事里讲的，在肚子里发芽长出枝蔓？也许，向日葵会从嘴里开出花来，或者从头顶，天灵盖那个原始的缝隙里张开，就像另一篇课文——《种子的力量》讲的？

应该不会的。生，未必是永远的生；熟了，就是真的熟了。

想着想着，心神就走远了。

六

不知道种子和土地的事情，从来没有被当作是某种欠缺。我们面对的，只有这四处望不尽的山。我们知道的，只跟煤有关，却跟树没有联系。

因为，我们脚下的这块山地，长得最多的是煤。

黑色的坚硬的闪着亮光的石头，这些特别的石头，不是长在地面上，而是在地层的深处。

甚至煤是怎么长到地里头的，我们也不知道。

听老师讲：它们曾经是一些树，一些高大的绿色植物；这片山地曾经是一片植被丰茂的沼泽草原，从来不缺水、不缺绿色。

不过，那是很久很久以前的事情，久到亿万年前，久到这个地球上还没有出现人类。

那是地球的原始时代。而我们能知道地球的原始时代，是因为煤。因为坚硬，才保留下柔软的记忆，就像煤，只有化作石头，才保留下远古的记忆，有关植物的记忆，有关这块土地很久很久以前生命的经历。

煤是生长在地下的庄稼，我们的父辈以及未来的我们就是钻进地底收割这古老庄稼的人。因此，我们收割的记忆，既不像城里人，又不像农村人。

于是，我们跟土地的关系，既不像城里的工人，也不像乡下的农民。乡人躬耕，换来四季田园，一年收成。城里人的土地上不种粮食，却可以种树种花种风景，是另一种事关风雅的耕耘。

我们的生活一直以来，是面向地下，面向黑暗。

地下有个太阳。那是远古的太阳，被黑色层层包裹的太阳。

挖呀挖，采撷地下的太阳。

七

一年又一年，还不知晓自己是怎么长大的，少年时代就过去了。

一个胖胖的黑脸男人坐在我对面，向所有在座的来宾介绍太西煤。

在泛着光的烤漆桌面上，摆着一块煤。黑胖男人嘴里格式化的讲解词，让我眼前这块熟悉的黑石头散发出陌生感。在有腔有调的解说中，它成了一种象征，被赋予了各种各样的价值和意义。

从来没有从这个角度探视过我跟它之间的关系，我突然有种恍惚之感。好像以前和我朝夕相处的不是它，生活中无处不在的不是它，而是另外一种东西，一种时光错位和记忆扭曲的物质。

我不得不承认，当它脱离了大山，离开了地层，离开了炉火，像一个标本一样地被置放在一群陌生人面前时，显出一种被包装后的矜持和做作。

有如年轻时的我，曾经的我。

我曾经多么想抹去所有跟它有过的关联。

那时候，黑不溜秋的它在我的眼里，是脏的，是丑的，是粗陋的。我急于忘却它，似乎意味着，我只有忘却它才可以扎根城市。我要从我人生抹去前十八年里，那黑的灰的底色。我一直以为那本不是我想要的，不是我喜欢的。我宁愿自己是一个没有历史和底色的人，一个看上去就如一张白纸一样，单薄的人。

我不愿意回放我在煤矿的童年和青少年时代，那在我看来是黑乎乎的，脏兮兮的，粗粗拉拉的。

人真是一种奇怪的动物，当农村的粮食喂饱我们时，我们却瞧不起粪肥堆育的乡土，当矿区的煤温暖我们，供给我们成长的营养时，我们却漠视自己出生的那片煤海。似乎这样才可以表达对城市的膜拜和向往。远离的欲望和不甘的仰视，令过去成为一种自我的歧视，深深的自卑。

眼前这被当作奇石一样的无烟煤，令我内心翻起的是某种熟悉的陌生感，还有藏在骨血里的自卑。只不过，这自卑因为这黑石头的突现而无处遮掩和虚饰。

曾经越想刻意忘掉的，恰恰是铭记最深的。

这黑色的石头就是记忆的底片，借着今天的光线，看得到我生命过往中的时光，看得见我自己如何由过去长成现在这个样子。

看向它时，我是在看向我自己，看向我的幼时，看向我的青春，看向我的内心深处。我看到了他们谁都不可能看到的有生命印记的物质。不，不是物，那是人，那是我年轻的爸爸妈妈，那是我少年时代的老师，那是我从前的邻居，那是我一起玩大的伙伴。

那黑色的石头里，有我曾经完整的世界。

那个一直以来，躲在我意识深处幼时的我，沉睡在我身体里的另一个我，被找到，被唤醒。

看向它时，实际上，我与它已经一起，飞回了那片大山的深处。

八

黑胖男人还在不停地说啊说。在他肥厚的嘴里，它成了一个概念，一个说给外人听的熟悉的概念，一种经过了层层包装变得脱离物体本身的无限远的概念。

于我，它从来不会升华为一个概念，也绝不会缩小成一个概念。

心思游回到幼时的某个角落，也就游回到时间的某个深处。

那是一个冬天的傍晚，我拿起一小块煤准备投进炉口。在炉火的照映下，黑亮的煤块上发出叶脉一样的光。我跟妈妈说，看，这上面有花。

胡说啥，煤上哪有花。妈妈瞅都没瞅我。

真的，妈妈，你看。我黑乎乎的小手拿着那块煤给妈妈看。

没看我正忙着，净添乱。妈妈正在和面，扫都没扫一眼。

我把那块煤放在了一边，想等着下中班的爸爸回来，让爸爸看。

我很想知道，为什么煤上面会有花？我又拿起来看了看，那像是叶片的花纹，纹脉是四散的，有清晰的主纹，还有细微的要仔细辨认的细小的支纹。我特意把它单独放在了煤堆外面。

爸爸夜里十二点下中班，我已经沉在了梦乡里。等我第二天一早再去找那块煤，想让爸爸看时，那块煤怎么也找不见了。

我翻遍了炉边的煤堆，那块扁扁的，像馒头大小的煤，消失了。

我问了个遍，家里所有的人都不知道。谁会在意一小块煤在哪。妈妈说，可能昨晚上封炉子用了。

那块带着树叶子的煤就这么没了。

那块有叶脉的煤，在我的脑海里，却变得清晰美丽起来。那是我所见过的最特别的一块煤。如果用它来印证老师说的话，那上面的纹脉，就是远古的一片树叶。留在煤上的一片树叶，这世上谁看到过呢？那是和煤一起穿过亿万年的树叶啊。树叶依靠的，是一棵大树；大树的背后，是一片想象不到边际的森林。

没人看到过，可我看到了。

而它在火里化为乌有，却短暂得没有时间，没有空间，容不得让我再看它一眼。

扔进炉膛里的煤，带着富有节奏的脆响，噼噼吧吧地脆裂，那明朗的欢快，好像奏响了舞曲。红彤彤的火舌在跳舞，那是煤的圆舞曲，还是火的圆舞曲？清晨的微明中，它每一秒钟都在变化，快得跟不上它的节奏，眼睛跟不上，脑子里那些奇怪的想法似乎也跟不上。

人的发掘，是在证实什么，还是在销毁什么？也许证实就是为了销毁，就仿佛一切因为有终结，才有因果，才可以证明来过和活过。黑色的煤块，燃出红色的火，光与热，散发出充满梦幻的色彩，和不停跳动的希冀。那有叶脉的煤块燃出的一定是不一样的火焰，它能变幻出与众不同的火舌。那是一片叶子的舞蹈，在暗夜中，独自缥缈，就如在风中在枝头在空中，那是生命的最后颤动和飞舞，献给它的树与大地，还有大地上曾有过的那片望不到边的森林。

可惜没有人看到，也没有人知道。

更可惜的是，这只是我一个人的可惜，显得无根无据无影无踪。

亿万年的蜕变，似乎，就是为了等我们这一茬人，等我们这一茬收割太阳的人，来收割它的光芒。

而它，就是为了等我，等我看到它，看到它清晰的叶脉，印证遥远的故事，童话般的传说。

九

听完黑胖男人的介绍，受邀的摄影记者说要拍点风光照片，以配合文字报道。

此时正值春天，山上的矮灌木开满了粉花，一位颇懂植物的同行者说，这就是蒙古扁桃。

蒙古扁桃？我愣了。怎么是蒙古扁桃呢，它长得不像桃子，一点也不扁，这是山杏！我们小时候老吃的山杏核，那皮包骨的山杏果，那灰得几乎看不到粉花的山杏树！我对他所说的植物学名，充满了怀疑。

说完，我对自己更是充满怀疑。因为这是我第一次看到山杏花能开得这么茂盛，开得这么舒展。

我在满是疑惑中，终于还是把蒙古扁桃和山杏树对接在了一起。

好像年少时的我，和现在的我突兀地合在了一起。

但最终重归完整。

十

在宁夏，以地质年代命名的地名，就这一个——石炭井。

煤形成于地球的一个特殊的地质年代，这个地质时期被称作石炭纪。石炭井这个地名因煤而起，是因为有了煤才有了这个地方，才有了一群来自五湖四海、以煤为生的人。

最兴盛时，石炭井下属七八个煤矿，十几万煤矿职工和家属。

石炭井下属的煤矿，每个矿其实都对应着贺兰山深处的一条沟。虽然有以一二三四依着建矿先后而起的矿名，但也有直接以山沟的名称命名的，如长满芨芨草的白芨沟。

我人生的前十八年就是在这条沟里度过的。

山边半人高的芨芨草，下午的阳光为它涂上一层橘黄色的光晕，那是整个山沟里唯一的风景。在即将落入山后的阳光抚摸下，芨芨草有了一种金属般的质感，每一穗都坚挺地摇曳在狂风中，把这最后的阳光都要摇碎了。

站在这条长满芨芨草的沟里，总会有些辨不清方向。四周都是山，每一座山和每一座山都长得那样像，光秃秃的灰黄色的。当你熟悉这个地方后，才会发现，实际上每一座山和每一座山都是不一样的，就像每一个人和每一个人都不一样。世上没有两个完全一样的人，也不可能有两座完全相同的山。

我的生命，就是从这山开始的，从这条沟开始的。从一开始就带着我曾经厌恶的，却无法躲避的，煤灰和烟尘味。那怎么也洗不脱的粗陋狂放的味道，其实早已经附体了。

我无法否认，它是我的一部分，无法分割，与我同时活在这个世上，甚至助我长成。

那是早就种在我心田里的，黑色的种子。

花儿为什么这样红

一

那段时间总是阴天，总见不到太阳。偶尔太阳刚要冒头，阴云就遮了过来。深秋时节，不出太阳的时候，要多阴冷有多阴冷。

在我记忆里，那是个极其漫长的冷雨夹雪的季节。

2007年11月4日，我拿着爸妈的结婚证，去给爸爸迁户口。

这是一张发黄的旧纸，有A3纸那么大，上方印着红绸和红灯笼，中间空白处用毛笔隶书竖排写着结婚证三个大字，接着是爸妈的名字。妈妈的名字在前，爸爸的名字在后，正中是八个大字：喜结良缘　百年好合。落款的时间是1966年9月29日，大红章上是泊镇政府字样。

这张纸看上去并不像结婚证，反倒像二十世纪六七十年代的光荣证获奖证书，喜庆里透着种荣誉感。似乎结婚不只是一件人生喜事，更似一件光荣的事情。

妈妈说，你爸那张不知道丢哪儿去了。搬家的时候，这张也差点让我给扔了，还是你爸让留着的。

妈妈又说，这还是从矿上老房子拿来的。我们走时，把老房子以两万块钱卖给了从前的老邻居你朱伯伯。屋子里的东西带不走的都给了朱伯伯，包括壁柜里的一些旧衣服旧书。这张结婚证就是从壁柜里翻出来的。

妈妈抽了一下鼻子，递给我。

因为有了这张纸，足以证明爸妈关系的纸，才能把爸爸的户口从矿上迁到银川来，爸爸才可以重新成为一个银川人。只是，爸爸自己也不会想到，再次成为一个户籍意义上的银川人竟是在这种境况下，竟是在除了他自己我们都知道他再没有多少时间的这一刻，悲伤笼罩的这一刻。

结婚证的模样喜庆也好光荣也好，我都无暇感慨，因为此时，它不是用来怀旧的，而是为了解决当下之急的——有了这样一纸证明，才能就近在银川的医院开出含有麻醉成分的止痛药，才能尽快减轻爸爸的病痛。这才是最为迫切的。每周要开一次止痛药，如果没有银川户口，就只能到户口所在地的医院，也就是大武口煤炭总院去开（含有麻醉成分的止痛药只能在户口属地医院开，这是规定）。

我接过这张黄旧的纸，有意避开妈妈的眼睛。那段时间，妈妈总是哭，个性强硬的妈妈似乎把一辈子攒下的眼泪都流了出来。

我硬下心来，转过身去，拿着结婚证出了门。我急着去复印。复印店里的小姑娘看着这样一张结婚证说，真够古老的，还没见过这样的结婚证呢。

我也是第一次见。我在心里说。那段时间，我像一台冰凉的机器，无论如何也没有能量调动情感，即使是对妈妈，我连基本交流的欲望都没有。我害怕，情绪上哪怕有一丝松动的迹象，都会令我整个人垮塌下来。

我尽可能让要做的事情填满，填满我所有的时间。这样我似乎才可能暂时忘掉不远的前面，那个可怕可恨的不得不来的结果。

我的心里只有计划中的一件接一件的事情。就如眼下，复印结婚证，去矿上办理迁出手续，再拿上妈妈的户口本办理迁入。

我第一次意识到，爸妈的姻缘竟然已有四十一年之久；仿佛也才意识到，在这张纸出现在他们面前之前，他们原本在这个世界上是各自独立的，是天各一方的。

如果不是这样一个因由，也许我根本想不起来要看爸妈的结婚证。此前我从未想过妈妈曾经有过未出闺阁的时代；我以为，他们天经地义就是夫妻，在我们生下来之前就是，在我们还未来到这个世界时就是，无需任何证明。虽然，在已经成年的我们看来，爸妈的婚姻并不是最搭对的，但在这个世界，有多少种不同的人，就有多少种不同的婚姻。至少，我们亲眼所见亲耳所闻，就有很多比他们更糟糕的结合。在绝大多数婚姻并不由情感维系的年代里，他们的婚姻虽不算上乘，但还过得去。

妈妈也绝对想不起来，要把这样一张几近老古董的旧纸展现在自己孩子面前。妈妈不是一个喜欢怀旧的人。至少在我有记忆以来，家里的旧物，即使是有着特殊意义的旧物，如果不是实用性的，妈妈是想不起来的，更不会想到要让我们知道，甚至连保存的耐心都没有。就如眼前这张纸。

迁完了户口，我把那张发黄的结婚证还给了妈妈。

妈妈拿起结婚证，打算把断裂的折缝粘住。她一边找胶水，一边嘴里唠唠叨叨，仿佛陷入了自言自语中。

妈妈说，我记得特别清楚，启结婚证那天，你姥姥姥爷请了你大舅姥爷和二舅姥爷在家吃了一顿饭，算是订了婚。国庆节那天，我跟你爸爸借着你大舅的婚席算是办了事。中午吃的席，一点半，我就跟你爸爸坐着火车去了北京。那是我长那么大第一次出那么远的门。出来了，就再也回不去了。

关于爸爸妈妈的过去，我还是第一次听妈妈讲起。

此前，妈妈很少提起，不知道是因为她觉得我们还小，不够理解她跟爸爸之间的情感经历，还是因为妈妈原本就是一个特别务实的人。妈妈的生活信条，就是一直向前，决不往后看。前面，总是会有她要追赶的目标，某个令她羡慕的人，羡慕的职业，羡慕的住处，羡慕的生活。妈妈的目标从来都是具体而实际的，似乎追赶这样的生活目标，令她没有时间回想过去，更没有精力唏嘘感慨。即使我们已各自成家，已人至中年，妈妈仍好像开足了马力，能不断找到前行的目标。这些目标令妈妈乐此不疲，比如换一个地界更好的大房子，比如想着让退休后的爸爸再做份兼职，比如一再地要求作为孩子的我们要上进要升职，要有大房子要有好车，要有各种各样，这个世界上代表着成功的物质。

爸爸突然病了，摆在爸妈面前的时间突然变得有限而具体。妈妈这才猛然间停了下来。停下来的妈妈，似乎才开始看向自己的身后，看向她跟爸爸走过来的路，看向他们的过往。

听着妈妈的絮叨，看着妈妈手里这张又革命又喜庆的旧纸，我突然前所未有的宿命起来。

我觉得他们的一切，或者说，他们今天的际遇，是从几十年前的那一天开始的，是从那发黄的纸上发黄的日子开始的。

二

1966 年的 10 月 10 日，这一天是星期一。

这是妈妈跟着爸爸进矿山的第一天。

当年，从银川到银北各矿区没有直通车，火车、汽车的终点都是平罗县城。平罗到矿区没有通公交车，运气好的话，可以搭上县邮局运送邮件的卡车，或者平罗县城到矿区办事的公用专车。最有可能也最保险的是蹭拉煤车，车身裹满厚厚煤尘的拉煤车，每天到矿上拉煤，或者从矿上往平罗附近各地送完煤的卡车。

爸爸领着妈妈候在平罗县城钟鼓楼的西侧，终于等上了一辆回矿上的拉煤车。驾驶室里，除了司机外，还坐着两个女人。装煤的车斗是空的，卸空的车斗里站上几十个人都不成问题。

此时的妈妈梳着两条齐整的大辫子，穿着从河北老家出门时的新衣裳，这身从泊头到北京到包头再到银川又到平罗的新衣裳，是她的嫁衣。出门在这里既是离家出远门的意思，亦有出嫁之说。妈妈是穿着新嫁衣上了这辆车的——一件当年最时兴的深棕色列宁装，一条卡其色的绦卡裤子，一双系带的平跟黑皮鞋。穿着这身衣服的妈妈手抓着车斗前方的栏杆，与车体尽量保持一掌的距离。爸爸站在她的左边，紧靠着车斗的厢边。

他们就坐着这样的拉煤车进了山。

直到坐上拉煤卡车，妈妈都还不知道，拉煤车把她带到的会是一个什么样的地方。

初入山地，卡车走得还算平稳。铺设还不到两年的平汝公路，是当时宁夏第一条沥青铺就的省级公路，从平罗西大滩到汝箕沟沟口。这条路是两年前，也就是1964年由宁夏交通厅组织建设的。据《石嘴山文化概要·历史见证卷》首篇记载，当时这条几近手工修成的平整公路，"6米宽，路面沥青仅有3公分，但符合国家最低标准（2.5公分）。那个时候，一切都是人接肩扛，哪有什么机械化，路的修建全部是人手工操作，平整路面，拉石子，铺石子等。特别是上沥青，完全用的是土法上马。把烧热的滚烫的沥青装在壶里，温度高 180 度，人工提着壶在路面铺设。工人们都穿高筒大皮靴，五六个小伙子排上一队，洒一层油，跟着铺一层石子，跟着压路机压，这叫做沥青表面处置"。

妈妈当然不可能知道铺路的艰苦，更不可能知道铺这条路背后所蕴含的国家及西北工业发展的战略决策。她以自己有限的人生经验判断，这样的路通向的前方，不是像银川那样的城市，也至少是像平罗县城那样的小城。

连日来所形成的错觉和希望，就这样被妈妈原样带到了路上。

行进中的拉煤车，很快驶上了进山的路。迎面吹来的山风，夹着沙土带着煤尘，扫过车顶直扎向身体和脑门，一会儿，脑袋木了，整个身体也木了。妈妈只好一再地背过脸去。

妈妈裹紧围巾，露在外面的半张脸承受着山风的削刮，很快结了一层灰锈。发辫也像生锈了一样，发涩的头发缠结在一起。

越走风越大。山野里什么都没有，只有风。十月的山风，很是刺骨。风吹着抓着栏杆的双手，一会儿手便麻了僵了，倒换一下，甩一甩，稍缓过来，赶紧再抓住。摇摇晃晃中，一松手，就可能被甩到车斗的尾部，甚至被甩出去。

车斗里除了爸爸妈妈，还有七八个男人。他们看向妈妈的目光，除了打探似乎还有一种看稀奇看热闹的意思。妈妈换到了车边，以爸爸为界隔开那些男人，把脸藏在爸爸的身后。

脸上是涩的，那是煤尘和灰土一再刮刷到脸上结的灰垢；嘴巴紧闭着，风还是时不时呛到嗓子眼里，呛得嗓子疼；冷硬的风直钻骨头缝，透过层层衣裳钻到肚子里。自打站到车斗里，妈妈的肚子就开始一拧一拧的疼。妈妈把类似于痉挛般的腹痛说成一拧一拧的疼。等到了汝箕沟口，整个人都木了，人都给风吹傻了，风钻到肚子里令妈妈难受得几乎站不住了。

即使是现在，妈妈偶尔讲起第一次坐着拉煤车进山的情景时，仍清晰得像是昨天的事情。妈妈避开风头，瞅准机会跟爸爸说，你去跟司机说一下，看能不能到驾驶室里去，哪怕挤一挤也成。

爸爸面露难色，一过沟口就快到了，再坚持一下吧。

爸爸小声的安慰令妈妈意识到，爸爸决不会为此去求司机。自己根本不可能坐到驾驶室里去。

此时的妈妈并不知道，糟糕的感觉才刚刚开始。她更想不到，刚刚过去的十天，最初的这十天是她一生中仅有的蜜月期。这十天并不完全理想，却是最接近她理想的。

十天里，太多的新鲜蜂拥而至，令妈妈一路所经历的有了某种梦幻般的色彩。比如，第一次离家出远门，第一次坐火车，第一次到北京，第一次到包头，第一次来到一个只从亲戚们嘴里听说过的地方——银川。银川虽然并不是妈妈想象的那样，像北京天津那样传说中有高楼大厦车水马龙的大城市，但一眼看过去，似乎要比老家宽敞一点，人没那么多，房子齐整，街道宽阔。

站在车斗里，听着驾驶室里传出的阵阵谈笑，妈妈越发感觉身体不适，原本隐约的痛苦因此变得有形有样起来。当然，妈妈还不知道，坐上拉煤车进矿山的这一天，她真正的生活，落在山地上的生活才真正开始。

一过汝箕沟口，平整的沥青路彻底断了，取而代之的是满是沙石和煤渣的土路。省级公路平汝路到了终点，以此为界，就进入了汝箕沟煤矿。

空荡的卡车颠荡摇摆，两侧不时腾起沙土煤尘，路两边近在眼前的荒山乱石擦身而过。强劲的山风中，卡车颠簸，路途变得越发难行越发漫长。刚才爸爸那句一过沟口就快到了的许诺，更像一个谎言。

此时妈妈还不知道这山叫什么。妈妈对这满是煤尘的颠簸之路突生强烈的厌恶。这厌恶令她对即将到达的前方略感疑惑，即使是从未见过大山的好奇，也阻挡不住妈妈不断往上冒的疑心和厌嫌。怎么是这样的地方？

满目荒凉的群山，层叠陡峭的乱石山，一再地挤压过来，过去一座，又挤压过来一座，山连着山，没有尽头一般。

不知走了多久，猛然间，妈妈抬起头看到了两边错落的楼房。这四野荒山中，竟还有楼房！楼房这样的意外之物，一时又令妈妈几近跌入低谷的心境拾回些侥幸。一路上累积的失落感，转为稍许的安慰——这地方看上去不咋样，但也许也差不到哪儿去。

这一路所见，完全超出妈妈此前二十年的生活经验。

多少年后，妈妈忆起进入矿山的第一天，不是坐车有多遭罪，而是第一眼看到矿上房子时的惊奇。大山深处，依坡而建的三层楼房，仿佛海市蜃楼般的幻景，一时消减了四野荒秃山路不平带来的绝望和沮丧。

二十世纪六十年代，楼房代表着一种先进，代表着时尚，预示着富有，还暗合着妈妈一直以来的向往，冥冥中对未来的期盼——楼上楼下电灯电话，这是六七十年代人人向往的理想生活。四面荒山里的楼房，能不让妈妈意外吗？六十年代电灯还没有普及，妈妈在老家还过着电灯和煤油灯混用的生活。即使有电灯，电也不是所有人所有家庭用得起的。六十年代的河北泊头——这座运河边的古镇，虽是颇有历史的水旱码头，但也还没有一栋像样的楼房。楼房是北京、上海这样的大城市的标志。

从未有过的新鲜感，夹杂着令人失落又不失希望的新鲜感，从拉煤的卡车上落到了实实在在的煤渣路面上。从未见过的事物一件接着一件，带着超乎妈妈瘦小躯体承受力的重量，拥塞过来。

妈妈不知道，此时，所有的失落并非是意外造成的，更不知道这突然而至的安慰是充满临时性的。

三

路尽头，灯光球场，一头高一头低，西头高的地方立着篮球杆，并排三个，一个比一个低三十公分，各占半场。球场上的半大小子们喊叫着，一再地往坡上的篮球架下冲。篮球在地上和手中来回弹跳。男子们球不离手，即使是在斜坡上来回奔跑，球也像是被吸在手掌心一样。

妈妈完全不知道自己身在何处。老家的男孩子们是不打球的，至少妈妈的兄弟们是从来不打球的，吃饱了饭，有限的力气要用在能挣钱的营生上，谁会把力气花在打球这种既消耗体力又挣不来钱的闲事上？时间和精力，从来都是要从经济的角度来权衡的。因为在现实生活中从没有过什么交集，妈妈几乎忘记了球场的样子。她能记得的只是电影里演的球场，那是大城市年轻人玩耍的地方。

这是妈妈第一次看到灯光球场，跟她所知道的篮球场完全不一样，倾斜，一边倒地立着三个篮球杆。夕阳中，篮球杆拉长的影子一直拖到球场的另一端，斜坡的最低处。男子们的身影快速移动，拖长着交错着，铺满整个球场。一男子跳得老高，一下子截住了在半空中欲随风飞走的篮球。他们的叫闹声在球场，乃至整个矿山的上空喧响着。球场上的喧哗打破了四野的荒芜，更加渲染了矿山的荒凉。山风一再地卷起沙土和煤尘，吹得篮球在空中乱飘。

一栋伫立山间的三层楼房，一个有三个球杆的奇特篮球场，一条三十度的倾斜路面，四面无尽的荒山，刮个不停的带着哨响的山风，在这一天混合融化，纷杂交错，抻拉叠加。糟糕而又新鲜，构成了这第一天的全部记忆。在这一天即将结束时，在到达矿灯光球场时，一路上应接不暇的所见深深刻印在了妈妈的脑子里。

"唉——"齐刷刷一声长叹，从身后，从篮球场上空飘荡过来。突然而至的长长叹息声，更像是为了迎接妈妈的到来而发出的齐声感慨。

妈妈说，我不下车，还没到呢。

这就是终点，你不下车还到哪儿去？爸爸笑了。

妈妈看向周围光秃的四野，饱呛了一口山风。疑惑中，妈妈的脚落到了满是煤渣和沙砾的地上。

篮球在拖长的人影中自行蹿了出来，顺着斜坡滚了下去。斜坡给了它越来越快的速度。男子们顺着坡跑，奔命追着滚下坡的篮球。妈妈转过身，目光跟着滚动的篮球，一直追到拐弯处。

篮球不见了。

打球的男子们，消失了。

喧闹突然而来，又突然而去。空留寂荡。

错觉一旦被辨知为错觉，眼前的现实便愈加变形失真。

只剩下爸爸妈妈，还有妈妈随身带着的帆布箱子、铺盖卷。

铺盖卷里裹着一床被子一床褥子，这是妈妈从老家一路带来的嫁妆。连同她身上穿的这身行头，还隐约带着新嫁娘的味道。

大风里，妈妈扭过头——哪儿有什么楼房？什么都没有。在路上看到的三层楼模样的楼房没有了，楼房还原成了一排排的红砖平房，依着山势，一排比一排高。

简直像变魔术似的。只是移了几步，只是稍换了个方向，楼房竟被山风刮散，全部被刮落到半山腰上，高高低低，各自独立。

只有越来越强劲的山风，和被山风卷起的煤尘。山风呼呼地刮着，不知道什么时候开始，也不知道什么时候停下来；不知道从哪里刮来，也不知道要刮到哪里去。

似乎就是刮来刮去的山风，把妈妈刮到了这里，刮停在这个令她颇觉意外且莫名其妙的地方。

大风刮落了房子，也刮落了妈妈全部的幻想。这一刻，眼前的现实和之前的愿望，拉开了最大距离。

妈妈第一次知道，煤矿原来是这个样子。煤待的地方，如此苍凉，如此荒芜，如此穷僻，这样的地方根本就和她的期待差着十万八千里。

妈妈当然不相信此后这里就是她的安身之地。

然而，拉煤车熄了火，车上的人已经四散于沟沟岔岔。随着双脚踩踏在满是煤渣的沙土地上，妈妈的不愿意变成了不得已。

又一阵裹着煤灰和沙尘的大风刮了过来，灌了妈妈一嘴。

妈妈"呸呸呸"地吐个没完。

四

下午五点，天空很蓝很蓝。蓝天下，除了山还是山。除了这山这天，其他的好像都让风给刮走了。

嗖嗖的寒风，刮得天上冷清，山野空荡，刮得四处连个人影都不见。马路边、山沟里唯一一棵秃头小矮树（后来妈妈才知道这是山榆树），被风刮得浑身颤抖，好像随时都会从地上蹦起来似的。妈妈的衣袖和裤腿里灌满了冷风，凉意灌满了身体。

该死的风。妈妈骂了一句。山风，一再掀起了妈妈的衣襟，一再刮着妈妈的脸。那些还没说出口的话，一再被风呛回到了肚子里。

爸爸背过身勾着肩，两只手掌窝成半圆形，一只手拿着火柴盒，另一只手的大拇指和食指捏着火柴棍。每一次，火柴头迅速划过硝皮后，都会猛地燃起一小股飘摇的火苗，火苗刚要凑到烟上，被一阵打着旋子的贼风扇灭了。爸爸连着点了四根火柴，才把烟点着了。

爸爸吸了口烟，说，这是个山口么，风肯定大。在这儿待久了就知道了。

爸爸的言外之意是，风每天都是这样的，如果是坏天气，风只会更大更猛更凛冽。

妈妈长这么大没见过这么大的风，也没有见过这样的山。她见过的山都是电影里演的，《阿诗玛》里的山，《五朵金花》里的山，《刘三姐》里的山，和山一起的总有那么多的树和水，即使是《冰山上的来客》里的雪山，也是有草有水的。眼前的山和电影里演的一点儿也不一样，是一种被风刮秃了的，被太阳晒得脱了色的焦黄干渴。

怎么是这样的山？和电影里的一点儿也不一样。妈妈不由脱口。

电影里那样的山，怎么会有煤呢？爸爸轻描淡写地应了一句，又猛吸了两口烟。掐灭烟，爸爸扛起包袱，拎起箱子。

妈妈跟在爸爸的身后，一路走一路看，有点瞧稀罕地看，更有点担心地看。这地方能住人吗？心里的疑问，一张嘴迸了出来。

看你说的，多少人都在这儿住着，习惯就好了。爸爸说完，又补充了一句，一方水土养一方人，老家那样的地方养人，这里也一样养人，不过不一样的是，这里是山养人煤养人。

妈妈不大理解这句话，但听上去，话里透着股文绉绉的味儿。

妈妈跟着爸爸下了坡，到了小岔路上。岔路是沙土路，踩上去，与踩在沥青路上黄土路上石板路上都不一样。每一步对于妈妈来说都是全新的感觉，每一步都似乎在提醒妈妈，她正走在一条与以前完全不一样的路上。

一切都和过去不一样了。这风，这山，这路，还有突然消逝的楼房。自离开老家以来，妈妈第一次担心——自己是不是错了？

去哪儿？妈妈猛然提高的嗓音里有了质问的味道。妈妈当然知道要去哪儿，要去爸爸的住处。

绕过了小路，绕到了另一座山上，总算看到了一小片略显平整的地方。那里有一个大的四合院，院子三面围着土平房。坐北朝南的土房子长长的一排，总共有十二个门和十二个窗户。门和窗看上去都很小。窗子上不是玻璃，而是已经脏得完全不透明的塑料布，有些是纸板，看上去不像是人住的地方。

眼前的房子跟这里的山一样，粗陋难看，在山的映衬下，更显得低矮渺小。

妈妈一路看着，一路跟着爸爸，走到左起第三个房门前停了下来。这间房子，门框是带树皮的薄板皮，门板是几张纸板拼在一起订成的，层层叠叠七扭八歪，看上去还不如老家的柴门。这样一道极其凑合的门更加深了妈妈的坏印象。妈妈从下了车就一直拧着的眉头，这会儿拧得更紧了，眉心仿佛拧得出水来。

怎么是这样的门？妈妈小声嘀咕。一路上影子般的疑问，到了这扇不能称其为门的屋门前，再次被放大，令她的不快到了极点。

接下来的一幕，妈妈这辈子也忘不了。

推开门，低矮的屋子黑洞洞的，炉子里的火顺着炉盖边沿吐着火舌，有半尺高，给了小屋微明的光亮。妈妈从来没有见过这么旺的火，在老家做饭时，一直拉着风箱也没有这样大的火。大火就那样白白烧着，既不做饭也不烧水，全然浪费地烧着。这丛火，简直就像棵小火树一样，探头探脑，欢实地看着门口的一切。火苗把炉盖子烧得半透明，透出灰红的颜色。不断从炉盖下面探出的火舌，并没有让妈妈感觉到暖意，相反，是几近冰冷的失落感。

妈妈吸了半口气，停在门口。

卷进屋里的一股风，吹腾起屋子里难闻的气味儿——烟臭汗酸味，甚至还搅和着不明的膻味，一股股地扑面而来。妈妈被这股难闻的味道冲得后退了一步。

北面大通铺上窝着的一团被子猛然间动了起来。妈妈这才发现床上还睡着一个人。那人从被子里探出脑袋看了看，是你小子回来了，哎呀，这是新媳妇吧？

这是老姚。爸爸话音刚落，那人猛地一下子坐起来，露出一身看不出颜色的秋衣裤，头发乱七八糟地撅着——快进来吧。老姚一边说一边披上一件发旧的开襟绒衣。

炉子靠近屋子的西北角，墙角是一小堆煤，靠近炉子那面北墙下堆放着黑乎乎的一堆，硬撅撅的，支支楞楞的，一下子还看不出是什么东西。

妈妈已经适应了屋子里暗淡的光线，看清屋子里除了这张大通铺，除了这炉子，再一无所有。"啪"的一声，爸爸拉了下灯绳，屋子里的一切在灯光下现了形。如此简陋破败的小屋，却有电灯。这又是一个意外。

那是什么，怎么这么大味儿？妈妈很好奇墙角那堆黑色的物件到底是什么。进屋后能感觉到那东西散发出的臭味。

爸爸有点不好意思地摸了一下后脖根，那是工作服，下井穿的棉工作服。在井下干活，一出一身汗，棉衣裳又不能洗，时间一久，就成这样了。

怎么像个壳儿？妈妈心里疑问。看都看得出来，它早已经没有了衣服作为织物的柔软和随形，质地坚硬而形状固定，不像是人要穿它，而像是等着人往里钻。

这一路，妈妈脑子里一个问号套着一个问号，似乎一辈子的疑问都堆积在了这一天里。只是，有的疑问有答案，有的没有答案。永远都没有答案。

这间小土房住了五个人，除了老姚，一个工友休息回平罗了，还有两个工友正上中班，晚上十一点半下班。

妈妈没说话。妈妈在看床。床角随便地堆着几床看不出颜色黑乎乎的被子，床铺上面什么也没有，既没有褥子也没有席子，而是几张层叠交错的纸板，跟门上订的纸板一样，有几张上面还隐约能看出一个半个模糊的印刷字体。

屋内堪称简陋，如果不是老姚在炕上，妈妈以为这根本就是一间没有住人的柴房。令妈妈更加惊异的是，不仅炕上没有褥子，炉子上也光秃秃的，连烟囱也没有。

如此简陋的宿舍，极其凑合的土炕，让妈妈的担心变得十分具体，今晚怎么住？住在哪儿？

爸爸看了看妈妈，说，都这样，矿上就这个条件。

妈妈忍不住问了句，这炉子怎么不安烟囱。

矿上的煤好烧，没有烟，用不着烟囱。老姚穿好皮袄，正准备出去，听妈妈这样问，接了一句，这是世界上最好的煤，外国人就烧这样的煤。说完这一句，老姚关上门，走了。

爸爸让妈妈洗把脸。妈妈没洗。这么大的风，洗了还不是白洗。

老姚刚走，爸爸说，大姐就住在对面山坡上，先去大姐家看看吧。

来的路上爸妈就商量好了，到了后，先到爸爸的大姐家，也就是我的大姑家去看看。我大姑1958年招工到了矿上，成了汝箕沟煤矿的一名女工，不久就嫁给我的大姑父。1954年抚顺煤校毕业的大姑父没能回原籍兰州，直接被分到汝箕沟煤矿成为矿上的技术员，那时宁夏还隶属于甘肃。

妈妈想起来时看到的像是三层楼的红砖房，问，是不是我们来时瞧见的房子？

爸爸点了点头。其实，他也不知道妈妈说的是哪个房子。

他们又回到下车的地方，再绕到对面的山坡上。

果然就是那片红砖房。那片房子是当时矿上最气派的房子，一排房子有五家，每户都有一个院子，院子里有小伙房，正屋有一大一小两间房。妈妈掀起已经晒得发白看不出花色的布门帘，就听到了一阵锣鼓声，"咿咿呀呀"唱戏的声音（后来妈妈才知道这是秦腔），唱了半句突然没音了，过了没半秒，夹杂着"嗞嗞拉拉"的杂音，戏音又响了起来。在时断时续的戏音里，妈妈进了屋。屋子里虽也是黄土地面，但一尘不染，散发着刚洒过水扫过地的湿气。一张旧条桌，两把旧木椅，一个木柜子，还有一个低矮的小方桌，几把小板凳，虽然看上去都是旧家具，但是小方桌和柜子上都苫着白线钩织的苫巾。最吸引妈妈的是条桌上摆着台收音机，戏音就是从这里发出来的。里屋是一面土炕，炕上两床叠好的被子上也苫着钩织的米白苫巾。窗上挂着白底碎花的布窗帘，窗台上摆了四五盆花，翠绿绿的叶子，妈妈认出是绣球和玻璃翠。

妈妈住了几天之后才知道，大姑家那样的房子，当时在矿上并不多，多是分给矿上的领导干部、工程师还有技术员的。矿工们住的多是隐在半山腰的土坯房、小地窑。这些散落于各个山旮旯儿的低矮的小土房，才是矿上最普遍的房子。这样的房子多是矿上提供建房的材料，如黄土、木材等，职工自己动手拓土坯盖起来的。那个时代，受物力财力所限，提倡的是自力更生艰苦奋斗。

正好，就在这儿吃晚饭。大姑细细看了妈妈好一会儿，说妈妈好看，说爸爸挺有福的，回趟老家就领回个俊媳妇。

寒暄之后，大姑问爸爸今晚怎么住。

没等爸爸说话，大姑就说，今晚你们就住宿舍，你们一住，那些单身汉就不好意思待了，让他们想办法搬到别的宿舍去。要不然，等着吧，谁给你分房子？先占上再说。即使是那样简陋的四合院式的土房，在矿上也为数不多。

大姑拿出一床红缎子被面，说是送给弟弟弟媳的结婚礼物。

妈妈说，给你兄弟缝床被子吧。我只带了一床新被捂。我刚看他宿舍的被捂被头都是黑的，不知多少年没拆洗过了。初到宁夏的妈妈说话还是河北腔，把被子叫被捂。

行，我去问工友借点棉花票，两天就缝出来了。大姑挺痛快的。

住在银川的几天里，爸爸盖的被子是借奶奶家的邻居马姨妈家的。房子是借的，被子也是借的。临走的时候，妈妈才确信，奶奶什么都没准备。好像根本没想到儿子能领回一个媳妇来，或者，压根也无所谓。

妈妈除了失望，还有一丝没有说出口不好意思说出口的不满。失望、不解、不满，从一开始，就成为妈妈和奶奶关系的伏笔，不快冲突的伏笔。

那天晚上，爸爸妈妈在大姑家吃的是土豆素面。面碗里一层红色的辣油，上面撒着葱花，白是白绿是绿红是红的。这和妈妈老家的面可不一样。老家夏天吃麻酱面，冬天吃热汤面，面和汤都是白的，要不就是加了酱油的。妈妈第一次吃这样的面。

先吃个素面，等过两天，我让人捎点羊肉来，给你们做臊子面，那才叫香呢。

临走时，大姑拿了两张油汪汪的饼子，刚烙出来的，让爸爸妈妈带回去，第二天当早饭。

贫穷时代，吃的重要，总是超过一切。总是挨饿的日子，吃成了面对选择时的第一砝码。在这一点上，妈妈跟爸爸何其相似，或者说，这是那个时代的人面临选择时最看重的。一碗实实在在的面，足以安慰这之前的种种不快，两个油饼，把这一路攒起的坏印象打消了一半，也把妈妈心里种种的疑虑暂时压了回去。而大姑家居室的摆设，特别是那台收音机，更令妈妈燃起了一线希望，这东西在老家没几家置办得起。从这台收音机就能看出，大姑姐的日子过得不错，矿上的物质条件要比老家好。甚至，妈妈还幻想也许要不了多久，自己就可以过得像大姑姐一样，有那样的房子，有那样一台收音机，有那样苫着钩花苫巾的生活。

果真如大姑所说，工友们知趣地让出了宿舍。

妈妈却几乎一夜没睡。妈妈咳了一晚，因为吃了有辣子的面，妈妈只能将枕头靠在墙上，时断时续地勉强眯一会儿。

这一夜留在妈妈记忆里的，是外面不停歇的哨响般的风声，土炉子里"呼呼的"煤的灼烧，还有闪映在地面墙面上的炉膛的红光。

白天的种种所见，让这个夜晚像钉在了木头上的钉子，牢牢嵌在意识深处。

从这晚开始，妈妈才明白，这个叫汝箕沟的煤矿，这样一个四野荒芜之地就是她最终落脚的地方。而就在十天之前，她根本不知道这世上有这么一个地方。甚至就在一天之前，她才知道，自己要生活的地方并不是银川这样的小城，而是这个名字绕口、以产煤著称的山沟沟。

睡不着的夜晚，风的呜咽伴着有节奏的呼哨，这声音在妈妈听来简直堪比鬼哭狼嚎。

怎么会来到这么个地方？好像世界的尽头，好像传说中的阴曹地府。

妈妈醒着，但又分明觉得自己是在做梦。

不管是清醒，还是做梦，从这个夜晚开始，这间位于汝箕沟高台子的土平房就成了爸妈的第一个家。也成了几年之后，我和妹妹的出生之地。

五

1966 年，是妈妈人生一个重要的时间坐标。从这年秋天起，她不再是华北平原上一个天天窝头咸菜，总也吃不饱肚子的小镇市民，而成为宁夏贺兰山深处煤矿工人的家属。不管是出于什么样的因由——是不切实际的企盼，是心怀侥幸的幻想，还是落寞失望的无奈，不管妈妈的内心怎么样的翻江倒海，客观上，妈妈都再也回不去了。从这一天起，她从一个河北人变成了宁夏人，不管出于怎样的无知盲目，不管有着怎样无法弥补的心理落差，客观上，她都为这一年宁夏移民数字做了微小的贡献。虽然在当年宁夏几万人的移民数字中，妈妈不过是谁也不知道的一个，但是对妈妈来说，对跟妈妈一样的几万分之一的每一个个体来说，或许这就是他们各自命运的分水岭。

就在妈妈为自己从物产丰富遍地良田的泊镇来到这荒芜的深山沟而感到委屈后悔时，她听我的大姑父说，在她和爸爸坐着火车离开老家去北京的前一天，三百多天津知识青年到达平罗西大滩农建13师3团参加农业生产建设。这些天津来的年轻人，到宁夏竟是来务农的。这消息让妈妈觉得匪夷所思，在不解中，妈妈的不平得到了暂时的安慰和平息。

来自天津知青的消息，随着西大滩运到矿上的米和面还有其他粮油副食品，很快在矿上传开了。

西大滩这个地方，一直以来就是汝箕沟矿区农产品特别是粮食蔬菜等物资的供应之地。西大滩也是爸爸成为矿工前糊口的地方。在这片一望无际的盐碱滩上，爸爸放了三年牛。这地方有多荒有多苦，爸爸深有体会。因为有了之前的苦荒，爸爸觉得矿区的一切，并没有妈妈所感受到的那么难以忍受。其实，矿上大部分人家的日子都是这样过的，爸爸挺满足的。

因为这样一群可以让人同情的天津知识青年的传闻，令妈妈一时找到了精神安慰和心理平衡。

人这种动物，不平从来都是来自于己不如人的失意，而安慰常常又得益于比自己境遇还糟的他人的痛苦。

而在当年的银北矿区，总是能找到种种经历更苦遭遇更曲折，因为各种各样不合时宜受尽命运提弄的人。因为有这样一些令人更加同情的大城市来的有知识有技术的人，妈妈似乎找到了一种现实的安慰。

妈妈来到宁夏的那一年，是宁夏移民史上的一个人口高峰。

1966 年，"由大连仪表厂迁建的宁夏银河仪表厂在银川建成投产，而与此同时，在中央三线建设方针指导下，煤炭工业部决定，按照靠山分散隐蔽以及工农结合厂社结合的建设方针，在宁夏大武口兴建西北煤矿机械厂，生产井下回采工作面运输设备、金属结构产品和防爆电动机。企业主要干部、工程技术人员和部分工人分别从张家口、淮南、抚顺等煤矿机械制造厂抽调。到 1970 年年底，共调入 1400 多人，其中张家口 600 人、淮南 500 人、抚顺 300 人。"（《银川移民研究》，2015 年，宁夏人民出版社）

一波又一波流向宁夏的人群，来自内地城镇、工矿企业，他们充斥到几乎处于空白的宁夏工业建设一线，带着满腔的热情和熟练的技能，成为当年这块荒凉的土地上最新鲜最有活力的血液。

资料显示，1966 年，迁至石嘴山的人口总计两万人。

而妈妈并不在这两万人之中。妈妈与这些记录在册的两万移民大军有所不同。

当时的移民有两种，一种是官方组织的，一种是私自过来的。官方组织的，就是所谓的政策性移民。实际上，记录在册，有着明确的地域来源和数字的移民大部队，都是属于国家政策层面的移民。这些移民在宁夏人口记录中，在宁夏移民史上，在新中国移民史中，都是处于主流、占绝大多数、记录在册的。

妈妈并不在此列。不管是出于所谓的情感，未来的希望，或者更好的物质追求，妈妈离开老家到宁夏，都是一种个人行为。

人们管这种非官方的移民叫自流，也称"盲流"。

流向银北矿区的非官方的移民，既有像妈妈这样，没有多少文化也没有公职的年轻女性，也有更多因为家庭出身政治成分等问题无以继续上学无法在当地招工的内地青年男子。当时煤矿工人享受着国家工资福利的一等待遇，工资最高，粮油补贴最高，因此，对于许多在内地因粮食吃紧无法果腹的农村青年和小城镇人口是很有吸引力的。他们怀揣生存欲望和残破梦想，涌向西北。在人的最低层次的需求远未得到满足前，能吃饱肚子能活得下去，就是最强大的动力，这也是除了当年政策引导外，内地大批人口移向西北移向宁夏的最强驱动力。

不管是"盲流"也好，自流也罢，尽管有着种种难以泯灭的失落和不满，婚后的几个月里，妈妈一直在努力适应煤矿的生活。能够让她暂时留下来，努力克服不满不适的最直接原因，就是这里吃的明显比老家强，哪怕是这个到处都是难看的山，到处都是光秃秃的地方，老家最缺的细粮，这里并不缺。相比老家，妈妈一眼就看到了她所期望的大米白面的日常，某种令她一直以来期望的温饱的实惠。

妈妈直言不讳地说，虽说没菜没水果，可是大米白面管够，这就比老家强。当然，还有，你爸爸可真是对我好。妈妈顿了一下，说，每个月工资五十二块钱，五十四斤粮票，一分不少全交给我。

六

一夜的梦，都丢在夜里，一点儿踪影都没有。我几次在摇晃中醒来，又在摇晃中睡去。有时是火车并轨时巨大的晃动，有时是靠站减速时的摇荡，令我一夜浮游在沉睡和醒来之间。这就是火车上的夜晚，摇摇晃晃，咣里咣当中，我和梦仿佛都被辗碎了。

六点不到，车窗外的灰亮，意味着白天已经来了。

我在车厢的两头，走了一个来回，似乎才恢复完整。

我重新坐下来，抹脸梳头。

穿过黑夜，新的一天开始了。我已经从银川，被运到了北京。

这是九月的一天，秋日的清晨。我一个人坐着火车去北京。

秋天，九月，北京，一个人。无意间，这样几个字眼，令我想起爸爸，回想起还没有我的日子。

将近五十年前，就是这个时节，爸爸如我一样，一个人坐着火车去北京。他的日记里，就是这样写的。

这本红色硬皮小本，是爸爸去世以后，妈妈搬家时偶尔说起，我才知道的。在我们共同生活的那么多年里，我从来不知道，爸爸还记日记。妈妈拿给我的时候，我才知道。仅此一本，这小小的日记本，了了几篇，记录了爸爸在 1966 年秋天到 1967 年春天几个零星的生活片段。

日记开始的日子，恰就是几十年前的这个时候。那是爸妈情感的开始，是他们人生中最重大的事情。重大到，妈妈一生都挣扎在这一决定她命运转折的涡旋中。

我之所以说是爸妈情感，而不用爱情这个字眼，是因为，我一直觉得，他们之间的感情不能算爱情。甚至，我认为，那一代人的婚姻鲜有爱情。他们有过婚姻也有过情感，但这并不意味着他们之间会有爱情。至少，我不相信，会有饿着肚子的爱情，会有争吵一生的爱情。就算有过，那也只是一瞬间的事情，而这一瞬间，也许照亮过他们某个阶段的日子，但是终还是短的，不足以粉饰他们整个的婚姻。

我这样判断爱情婚姻，评判上一辈人的情感，也许并没有什么道理，甚至没有这个资格，但是我丝毫不想掩饰，我对父母这一代人爱的能力的怀疑。

四十多年前，爸爸如我一样，一个人坐着火车前往北京。那时候，从银川到北京，每天仅一趟火车。以爸爸当时 21 岁的年龄，还有矿工的身份来讲，他只可能买一张硬座票。当时火车运行时间，大约要四十个小时。近四十个小时里，他都怀着一种介于兴奋和期待的情绪。这种情绪在日记里毫不掩饰。爸爸的原话是这样说的：

今天心情非常愉快，乘坐202次列车，于早七时二十分，离开银川到达可爱的故乡——河北省交河县泊镇。这几天虽然来回坐车没休息好，但精神却非常饱满。列车迎着朝阳，在革命的歌声中前进。

——九月二十五日八时一刻

列车开过石嘴山火车站，沿着黄河西岸飞驰，黄河水如骏马一般，再看东西两边，贺兰山高入云端，多么美丽的大自然风景，列车如箭离弦，勇往直前！

——九月二十五日十一时

我于昨天下午七点钟到达可爱的家乡——河北交河泊头镇。非常顺利的先到达二舅家，又见到三姨，老姨和姨父。我们虽然没见过面，可好像早就认识。亲人们待我多么亲热呀。

——九月二十七日

1966 年的秋天，一趟长途慢火车，把爸爸送到了妈妈眼前。几天后，他们两个人一起坐着火车从北京到了银川。从此，生活把他们牢牢捆绑在一起。

　　妈妈此前没有出过门，长到二十岁，也只是从泊头到她的姥娘家，乡下小坝。这是她行动最大也是最远的范围。北京、天津，总是一个既近又远的存在。

　　我的姥爷在船运公司，从天津往返泊头。每个月二十六天都在运河上，行船运货。偶尔，姥爷会从天津带些新鲜的小玩意儿。妈妈穿的第一双黑皮鞋，就是姥爷从天津给捎回来的。妈妈是兄弟姐妹中第一个也是唯一一个，在嫁人之前穿过皮鞋的人。这些时髦的玩意儿，一再刺激着妈妈对于城市、对于未知之地的全部遐想。

　　妈妈一心想离开泊镇这个小地方。妈妈不愿意像姥娘那样过一辈子，守在那样一个小地方，每天都过着一样的日子，总是穷，总是没有钱的紧巴日子。当时，有一个男人正在追求妈妈，他的小名叫老虎，人长得虎头虎脑。他是铁路工人，总是穿着制服跟着火车，从泊镇消失几天。在妈妈眼里，铁路工人区别于泊镇街上的任何一种行当，是响当当的铁饭碗，是真正的工人老大哥。可惜，他是汉民，家里所有的人都不同意。直到许多年以后，妈妈已经成了我们三个孩子的妈妈，直到我们也到了谈婚论嫁的年龄，妈妈才把她年轻时的心事，当作一个遥远的故事说给我们听。时隔多年，这件事的意义于妈妈已经荡然无存，妈妈反复念叨的是，命中注定。

妈妈决定到宁夏，仅仅在与爸爸见面第一天就决定了。妈妈把婚姻，甚至此后一生的际遇，都牵系在这短暂的一周时间里，无论如何，在今天看来，都有一种下赌的意味。

爸爸出现在妈妈面前之前，他们已经断断续续通了三年信。说通信，实际上是爸爸写给妈妈，妈妈从来没有给爸爸回过一封信。而爸爸寄到老家的信，都是由妈妈的大舅转交给妈妈的。可想而知，他们之间有数的书信，是一种间接而透明的，是不可能说什么体己话和私密话的。更何况转交的人是长辈，代妈妈转达心意的也是这位我应该称作大舅姥爷的长辈。

妈妈想要离开泊头这个小地方的念头是如此强烈，而爸爸的出现和到来，似乎是她唯一的机会。

妈妈小学没毕业就进了街道小厂当学徒，帮姥姥做买卖，操持一大家子的生活。她希望生活在一个大城市里，而她对城市的认识，仅仅来自于姥爷偶尔从北京、天津捎回来的那些新奇的小东西，还有别人的道听途说。所有对远方的想象和寄托，全都基于贫穷的日子对于物质的极度渴望和无端臆想。

那个信息闭塞的年代，让爸爸妈妈的感情，蒙上了一层不可思议的传奇色彩。

火车上，我一再地陷入对爸爸妈妈过往的回忆里。离北京越近，我越是陷于遥远往事无法自拔。

七

去北京出差之前，我去妈妈那里。

火柴厂倒闭了。我一进门，妈妈说。

啥？啥火柴厂？我对妈妈一拉开屋门就冒出这么一句话，感到莫名其妙。

泊镇火柴厂啊，老家最大的厂子。妈妈根本没在意我的迟钝。

我被妈妈引着又看了一遍整点新闻。这是一条很短的口播新闻，很快淹没在了更多的信息里：

2012年9月6日，河北泊头火柴有限公司举行资产处置拍卖会，最后一批设备被拍卖。这标志着亚洲最大的火柴生产厂家彻底走进历史。河北泊头火柴有限公司前身为泊镇永华火柴股份有限公司，始建于1912年，时任民国代总统的冯国璋以四万元现洋入股公司，改写了国人依赖"洋火"的历史，新中国成立后一度成为中国乃至亚洲最大的火柴生产厂家。

我知道，妈妈之所以注意这条消息，绝不仅仅因为火柴厂的百年历史，更不是因它有着诸多第一、亚洲最大等等名头。引发她感慨的是这条新闻与她的过往生活千丝万缕的联系。

天天糊盒子，在泊镇，谁没糊过盒子？每糊一百个火柴盒，加工费才二分钱。妈妈说完，又说了一句：我为啥要离开泊镇，跑到宁夏来，就为了不糊这破盒子。

一提起火柴厂提起火柴盒，妈妈仍毫不掩饰她深深的厌恶——破盒子，一想起来就够了。以前妈妈不止一次说过，在老家时天天晚上糊盒子。火柴厂留给她的记忆，只是一家人围坐在炕头，夜夜糊盒子的那一幕幕，天天重复，机械单调，令她头疼。她能想起的是每个黄昏傍晚的心焦和无奈——总是想出去玩儿看电影，想自由自在地享受晚上的悠闲，可就是不得不被这小小的盒子困住。

对于妈妈来说，幼年的劳作，饱含着穷日子的无奈和对玩乐的挤压。这个世界上，并不是所有的劳动都能作为对人的改造，至少，糊火柴盒这项单调重复的劳动，不仅没有改造我的妈妈，相反，却塑造了她截然相反的劳动观，甚至世界观。火柴盒只意味着付出和牺牲，意味着对她童年少年青年时代自由的剥夺。这种被剥夺感给妈妈造成的后遗症，不会因为时间和距离而幻化为温情主义美好怀旧，永远也不会。妈妈从来都没有给这样迫不得已的劳动增添一点浪漫的理想主义色彩。相反，小小的火柴盒只让妈妈体味到生活的沉重、劳作的艰苦、日子的乏味。对于妈妈来说，小小的火柴盒里盛放的只是她年少时所有的无奈和困境，是她人生一开始就急欲摆脱的捆缚。

一心要逃离糊盒子的命运，妈妈决定离开老家。她远嫁的初衷，就是缘于对这小小火柴盒的鄙视厌恶和尽早摆脱。她人生最关键的一步——出嫁，如此盲目和仓促，她人生的第一步错，都是从这小小的盒子，这该死的火柴盒开始的……所有梦想落空的无奈，这么多年来无法清算的人生呆死账，半生都无法厘清无法愈合的心理疤结，都是由这小小的火柴盒引发的，并且一日日扭曲纠结。以至于，时至今日，一提起火柴盒，妈妈仍是恶声恶气，无法释然。

每星期妈妈要到火柴厂领一次材料交一次货，每个月月初到厂子财务科算账领钱。每次去领材料，窗口总是排着长长的队。白纸几刀，木皮几张，还有被浆面儿几斤，都是配备好的，领了这些东西回来，到下星期送去时，就成了整麻袋整麻袋的小纸盒子，成了火柴盒里的小屉盒。

火柴用的小屉盒，是全镇老少在炕头上完成的。泊头火柴厂不仅养活着全厂上百名职工，也养活着镇上十几万老老小小。

家家户户，哪家不给火柴厂打工？

妈妈语气里越来越明显的坏情绪，令我不知道该怎么把这个话题接续下去。

八

二十世纪六十年代，在泊镇，二十岁还未出嫁已然是老姑娘了。

来提亲的并不少，家里说一个，妈妈不同意，连见都不见。谁也不知道妈妈到底想要嫁个什么样的。

嫁个什么样的，妈妈自己也不清楚，但是不嫁什么样的，妈妈倒是心里门儿清。至少，妈妈一开始就没打算嫁在家门口。在妈妈看来，泊镇的小子们能有什么出息。泊镇的小子分成两种，一种是在街巷做小买卖糊口的，一天到晚，挑个担子到泊镇火车站附近卖个枣糕卖个杂碎，一卖就是一辈子；另一种就是泊镇厂子里的工人，虽说是端铁饭碗的，但工人和工人也是不一样的。泊镇多是街道办的小厂，能真正端上国营铁饭碗的没几个，劳碌一辈子，不过挣那几个连肚子都喂不饱的死工资。嫁给这样的穷小子，这日子打第一天就一眼看到了底，又有什么指望和盼头，有什么意思？妈妈才不想过这种日子呢。可是在泊镇，几乎家家都过的是这样的日子。从小，妈妈就听她的姥娘说，人往高处走，水往低处流。你看那运河的水，是从北京、天津流到咱这儿的，北京、天津就是高处。这句话烙在妈妈心里。妈妈以为，泊镇以外，比如北京、天津，才是应该去的高处。

对妈妈来说，一开始，对于生活的选择，就是别无选择，是一种迫不得已的逃离，以为离开这个地方，离开已经熟悉到厌烦的旧环境，到一个全新的陌生之地，这些问题似乎就都迎刃而解了；以为生活，更好的生活，总是在别处，在更远的远方。

每天吃罢晚饭，碗筷一收，姥娘开始准备糊盒子的东西。每到这个时候，各家都成了小作坊。家家户户，晚上绝少有串门拉闲话的，一家老小围着小炕桌，点着煤油灯，忙着糊盒子。

妈妈带着二舅和二姨，三个人围着小炕桌，按照姥娘的分工指派，各自忙开了。炕桌成了工作台。妈妈和她的弟、妹手速飞快，仿佛流水线一样，刷、折、贴等一应工序，了然于心。从五岁起，几乎天天晚上这么过，能不烂熟于心吗，又能不烦吗？妈妈沿着木片上的折痕折成小方框，丢给二舅，二舅把方框套在木模子上，刷浆子。那木模子由一块长方形的小木块做成，正好是一个火柴盒抽斗的大小。二姨接过手来，加上一张木片小底后，轻轻一拍，一个小抽斗就做成了。

打浆子，都是姥娘亲手弄。

打浆子的材料，是从火柴厂领回来的白面，白面里掺了细土和卫生香，一来是为了防虫，二来，妈妈说，也是为了防止人偷吃。姥娘每次都要把这前前后后领来的十斤白面，筛了又筛，能筛出那些还没有辗得太碎的卫生球，还有些小石子。筛过的面，一半留下，一半掺上自家的玉米面，这样，打浆子的材料不仅不会少，还平白多了五斤白面。把这筛出来的白面跟家里的白面掺着吃。每个月做两次麻酱面，用的就是这掺了浆子面的白面。即使是掺着，也挡不住面条浓浓的卫生球味和牙碜。都说这面条有股怪味儿，可哪个也不少吃，不吃个三四碗不撂筷子。

妈妈一看姥娘筛浆子面就生气。你少借点给那些三亲四戚，还用得着吃这个？姥娘赶紧朝关着的门看看，一边嘘妈妈让小点声，别让人听见了。

你怕啥，敢吃还怕人说？

谁家不吃这个？这可是细粮啊。

你愿吃你吃，俺可够了。老家靠近山东德州，说俺发出的都是难的音。

二舅伸出小手，够姥娘刚熬好的浆子，指头烫了一下也没有缩回来，还是把浆子蘸了一指头，放进嘴里。

小短命鬼，这个你也吃。姥娘一巴掌打过来，二舅躲开了。

太饿了。晚上吃的黏粥，早就变成了几泡尿撒没了。虽然窝在炕上没怎么动，可是肚子里太寡，一点儿油水也没有，从吃罢饭糊到这时候，真是又困又饿。新熬的浆子，虽裹着浓浓的卫生球味儿，但也隐隐飘着食物的香甜。

昏黄的煤油灯下，妈妈糊着盒子，脑子却早就不在这炕桌前了，早被些乱七八糟的想法填得满满的。那些想法飞得越快，手下越快，就连姥娘跟她说什么，她也完全听不到了。

姥娘打完浆子，过来一起糊。全家人这样忙碌一晚上，能糊两千个盒子。到月底，给火柴厂交六万只盒子，一个盒子二钱，六万个盒子就能挣十二块钱。有了这十二块钱，就是粮不够，姥娘也不怕，能用它买高价粮，偶尔还能给妈妈他们几个扯块布做衣裳做鞋子。

姥娘把堆了一炕的盒子都收到屋角的麻袋皮上，摆整齐，这些盒子得晾一个晚上，等第二天早上，彻底干透了，才能往麻袋里装。

姥娘数了数，两千零七十八个，总算是糊够了数。每天至少要糊两千个，这是多少年来姥娘定下的标准，糊不够不让睡觉。

已经过了十一点。妈妈睡下，还能听到姥娘在炕前轻身轻脚的走动声。姥娘还要忙活一阵儿，要把所有人的衣服洗了，糊盒子的时候，脏衣服已经泡了一大盆，还要和明天一早蒸窝头的玉米面。甭管睡得多晚，姥娘早上鸡叫头遍时就起床了，无论冬夏，都是如此。

妈妈就想，难道一辈子像姥娘这样过日子？一日日从早到晚劳碌，一日日还是穷得叮当响。可在泊镇，嫁给谁，都逃不脱像姥娘这样。不能过这样没日没夜的苦日子，说什么也不能在这里找婆家。

嫁个什么样的人，才能不过这种日子呢？

妈妈还没想出个所以然来，已经睡着了。

九

老魏家来提亲了，聘礼托媒人送来了。姥爷一边说，一边指着炕角叠得四四方方的布料——一块米粉色的的确良，一块咖啡色的灯芯绒，还有两块毛料，一块是藏蓝色的斜纹哔叽，一块是黑色的十字纹薄呢。都是当年最时兴的料子。

一家有女百家求，给妈妈提亲的并不少。条件最好的是河西牌坊路老魏家的大儿子。

这儿还有张电影票，晚上七点半的，瞅瞅去。姥爷又说。

妈妈翻看完那几块布料，手一推，说，你看上了你去。

姥爷把电影票一甩，你这孩子要当老姑娘，赖在家里一辈子？

我就是当老姑娘我也不嫁老魏家。

你就嘴硬，老魏家的大小子怎么了，又不缺胳膊少腿，长得也不赖。

爱去你去，你看上了，我没看上。你想想啊，他是他家老大，下面还有七个弟弟妹妹，条件还不如咱家。他一天在火柴厂扛活，能挣几个钱？谁不知道他娘带着他兄弟几个一天到晚糊盒子。好么，在咱自个家里糊盒子就糊得够够的了，嫁到他家还是糊不完的烂盒子！不去！

妈妈态度坚决，决不在泊镇街上找婆家。

姥娘和姥爷一点折也没有。

就在这个时候，远客来了。

姥娘说，把亲戚请家里来吧。你看行，就把这事儿定了。

妈妈去了大舅姥爷家。

大舅姥爷对远客说，去吧，接你的人来了。

到家里去吧。妈妈说了这一句，远客跟着妈妈身后一步一挪地走了。

远客亦步亦趋，细细打量着前面走着的瘦小女子，并不知道，这就是要相亲的对象。女子的大辫子又黑又亮，耷在后腰上，随着身体的摆动一摇一摆，像春天的柳枝一样。女子走几步停一下，回头看一眼。虽然没说几句话，可女子眼里像是有话似的，似乎总是在打探着什么。

妈妈知道这远客就是自己要相看的人。看上去倒是个本分人，不乱瞅乱瞧，不乱打听，问他什么就说什么，这倒不错，妈妈顶讨厌溜嘴皮子的人。走走停停，妈妈倒也把远客的穿着打扮全看到眼里。一件白色的确良衬衣，外面是件卡其色的夹克，下面是条藏蓝色裤子，脚上穿的是白球鞋，右手拎着黑色的人造革包，包上有五个字：毛主席万岁。这身打扮已经让妈妈很有好感了。远客没有穿风衣，没有穿三接头的皮鞋，没有戴白手套，要知道这是当年泊镇时髦青年的装扮，是妈妈最讨厌的。远客左手拎着一个红白塑料绳的网兜，兜里装着七八个鸭梨。鸭梨是泊镇的特产，此时正是鸭梨丰收的时候，不仅运往全国各地，还从天津港出口呢。当年的泊镇，家家院里都种着几棵梨树，一到秋天，家家果树上都挂满了梨，自家吃都吃不了。只有外来的生客，才会买这东西当作上门的礼物。

许多年后，我问妈妈，为什么这么讨厌风衣等三样富有标志性的时尚穿着？妈妈说，泊镇街上这样穿的都是些"烧料子"。

烧料子是宁夏土话，意思就是烧包。妈妈说，啥年代都有那种狗肚子盛不下二两香油的臭显摆。那样的男人最靠不住，就不是过日子的主儿。

妈妈这话是不是可以反过来理解，是在变相地夸爸爸，靠谱，会过日子。

也许是吧。我总是很难一下子就完全明白妈妈话中的意思，更难以一下子猜中妈妈内心深处的想法。而我，常常跟不上妈妈的思路，够不着妈妈深似海底的心思，更不知道她会在什么地方拐进一个又一个大大小小缠缠绕绕的弯，拐向哪里。

的确，在很多事情上，妈妈都显得心思过于缜密，心机过重。这当然不能全当成是缺点，某些时候，特别是当妈妈凭此解决家中一项危机，抓住了一次改善全家人生活的机遇时，这便成了令人赏识的优点。可有时，妈妈真是让人觉得累。

就当她在夸爸爸吧。在我记忆里，妈妈很少夸人，更是很少夸爸爸。相反，妈妈总是在挑爸爸的不是。一贯的挑剔，总是会引起他俩之间的战争。没完没了地吵架干仗，不只让我们三个孩子对大人的世界不解，更令我从小到大怕妈妈，让我畏惧家庭纷争。以致成年后的我对生活矛盾、工作冲突采取了另一种极端——隐忍和冷战。这其实并不比争吵好到哪儿去，也许更糟糕。在人情世故上，我远不比妈妈更清晰更有头脑，也更缺乏勇气和意志。对于生活对于情感，我总是想以另一种方式，完全不同于妈妈的方式，虽然常常并不一定正确，但就是为了刻意避开，不想成为妈妈的翻版。

直到今天，我已年届五十，仍在心理上惧怕妈妈，只不过，和小时候不一样的是，面对这种从小就有的惧怕，我学会了以我的方式无声反抗和拉开距离。而今，我终于学会站在另外一个立场去想，一个人之所以是这样的而不是那样的，一定是有其来路和理由的，一定是缘由过去种种的累加，和时间无意中的涂改。

就如，妈妈只给我讲过一次她进矿第一天的情景，我却反刍般地一再在脑海中回想复原这一天。似乎这一天不只是妈妈怎么来到煤矿的，更是妈妈之所以成为后来及至现在这个样子的缘由所在。

十

穿着上，远客不是自己讨厌的人。除此，见面的第一眼，妈妈就注意到，远客的手腕子上比别人多了一样东西——手表，这是当时难得一见的贵重东西。亲戚里，还没有一个人戴得起手表呢。

大辫子一摇一晃，远客亦步亦趋，两个人始终保持着两米来远的距离，就这样一前一后，到了家。

妈妈把远客让进屋，倒了茶，就忙着做饭去了。屋子里只剩下远客一个人。

妈妈按照姥娘的吩咐，贴了玉米面饼子，又和了团白面，面是给远客吃的。饼子和粥是一家人平常的晚餐。

贴饼子的时候，屋子里突然响起一阵清亮的声音，起初像是鸟叫。妈妈支楞着耳朵听。院子里的树上倒是落着不少的麻雀和喜鹊，它们叫起来，叽叽喳喳的，不是这个调儿。断续的鸟鸣，渐渐地变成了曲调。

哪儿来的曲子呢？曲音从厢房里传出来，可真是稀罕。妈妈第一次这样近的听一首乐曲。妈妈赶紧把最后一张玉米饼贴到锅沿上，又用大勺搅动了一下锅底熬的黏粥，盖上木锅盖。

妈妈进屋一看，远客坐在炕边，一条腿弯着搭在另一条腿上，正对着炕柜吹笛子。

妈妈有点惊喜，在泊镇从小长到大，妈妈还从来没有见过哪个小伙子会吹笛子呢。一天光顾着挣钱填巴肚子了，哪有闲心思吹笛子。从来没人会吹，更别说像远客吹得这么好的了。

妈妈听出来这是上个月才看的电影《冰山上的来客》里的曲子，曲名叫什么却没想起来。妈妈倚在门口听得有点醉了。

哐啷一声门响，姥娘回来了，打断了妈妈。

后来，妈妈总是会想起这一刻，她承认这是她一生中少有的浪漫时刻，也是她人生中第一次体会到与平常不一样的时刻。就是这一刻，就是凭着这种沉醉般的感觉，她作出了一个造就她此后一生的决定。

这就是命吧。

妈妈因此记住了这首曲子的名字——《花儿为什么这样红》。

接下来的几天，姥娘开始忙活了。既要为大舅的婚礼操劳，又要为妈妈的远嫁做准备。买床单被面，缝制陪送嫁妆，请亲戚们吃订婚席。订婚宴席一吃，就算是把妈妈打发出门了。

婚礼，都以为是到了婆家那边的事儿。

那个年代，什么都是这样的简单，简单到几乎不讲究的地步。那个时候，人们普遍把这样的简单甚至简陋当作一种朴素的新风尚。

妈妈收拾着简单的行李，塞进去这个又取了出来，放进去那个再拿出来。姥娘说，旧的都不带了，去了婆家还能没有你的呀。就把这两件新衣裳还有新鞋带上。姥娘说完，鼻子突然有点酸，怎么就这么急忙忙地把姑娘娉了出去，一千多里路，就是想家了，一时半会儿又怎么回得来？姥娘去买被面床单，听别人一说才知道把闺女嫁了个远，竟然隔着四个省，比好几个北京都要远呢。姥娘那天是抱着被面浑身哆嗦着回到家的。这会儿，姥娘哆嗦着进了里屋，哆嗦着从抽屉里取出了二十张十块钱，总共二百块钱。这是几家亲戚凑的礼钱，姥娘一分没留，全给了妈妈，让妈妈在北京停两天，转转，买点稀罕东西。

把这钱全给了妈妈，姥娘的心还处于极度的不安中。妈妈登上火车走的当天晚上，姥娘就病了，这一病就是四十天。这是几年后，妈妈回老家才知道的。

而此时的妈妈挺高兴的。从小到大，姥娘从来没给过妈妈超过一块钱的零花钱，即使是年节的时候出门逛，最多不过是一毛两毛的。二百块钱，这可是妈妈见过的最大的一笔钱。

妈妈专门在内裤外侧缝了一个小方兜，把这钱放进了自己最贴身的地方。以后的日子，就是自己管钱了。妈妈的注意力都在这笔钱上，都在即将前往的远方，全然没有在意此刻，与自己的亲娘，与老家，与娘家的告别。

全然没有意识到，人生这一刻的意味。

十一

就在大舅娶媳妇的这一天，10月1日，国庆节这一天，妈妈跟爸爸坐上了下午一点半开往北京的火车。他们先到北京，转车到包头，再转车到银川。

爸爸和妈妈在银川奶奶家住了七天。这七天里，没有想象中的婚礼，没有婆家亲友的祝福。奶奶一家人的反应，平常到好像只是来了一个串门的远房亲戚。

爷爷不在家，正在陶乐劳动改造。奶奶带着老伯三姑老姑，一家人挤在一间房子里，除了一张土炕，隔墙外是灶台和灶柜，屋子里再无其他家具，连张吃饭的桌子也没有。所有的人都是盛好了饭，蹲到家门口或者巷口。奶奶跟邻居家的婆姨扯闲话，老伯他们跟邻居家的孩子一边玩弹子，一边紧着往嘴里扒几口饭。每天都是一样的饭——二米饭，蒜拌茄子或者圆白菜烩土豆，一大锅。奶奶对于爸爸千里迢迢带回个媳妇这件事，很平静很淡然，似乎在一家人四分五裂的日常生活里，儿子的婚事并没有什么可喜可贺之处。

妈妈一脚就踏进了爸爸家的日常生活，一眼望不到底的生活。初来的日子，妈妈保持着新媳妇的矜持和客气，等家里所有人都盛完了饭，妈妈才往灶台跟前凑。每次都只剩下锅底的一点煳锅巴。爸爸不知道是不好意思，还是压根不会照顾人，自己早早盛好了饭，跟老伯他们凑热闹去了。奶奶呢，一直习惯于这样放养式的照看孩子，有饭吃便罢了，即使是妈妈来了，这跨进家门的第一个儿媳妇，也不过是添张碗添双筷子的事儿。奶奶并没有刻意招呼妈妈。

在妈妈看来，奶奶的随便，更像是一种冷淡。妈妈并不知道奶奶天天在为一堆没有结果的事情而烦恼。爷爷什么时候能结束劳动改造回家；自己什么时候能结束给别人看小孩挣家用的辛苦；自家在宗睦巷被占去的主房厢房，什么时候能退还回来；三个还在上学的孩子什么时候能长大上班挣钱养家？奶奶每天端着饭碗，要到邻居家去听收音机，收听北京最新的政治动向。

一个家庭妇女一天不操持家务，为国家大事操的哪门子心？对奶奶的行为，妈妈在心里直嘀咕，却没敢说出口。妈妈对奶奶跟姥娘完全不一样的做派暗藏不满。姥娘是怎么待儿媳妇的？还没过门，家里做了好吃的，总是打发妈妈给送过去，说这是礼面儿上的事儿。

眼下的一切，早就将传说中有关爸爸家的殷实击得粉碎——什么家道厚实，家里的常用家具包括吃饭的桌子，早就在1960年前后，饿肚子的那三年，陆续卖掉换了吃的；更别说家里曾有两个保姆，现实是爷爷被下放到陶乐后，奶奶一直靠帮邻居马老师家带孩子才勉强糊口。儿子的终身大事，远不比吃饭当紧。奶奶除了让一家人填饱肚子，再无余力操心任何事情，包括儿女们的终身大事。这时候比爸爸年长的大伯还没有娶亲。大姑是在1958年十七岁时招工到矿上，很快在矿上嫁给了大姑父。在当时，儿子结婚，和女儿出嫁一样，对奶奶来说，都是自力更生顺其自然的结果。

妈妈似乎平白降落在这个家里。对于奶奶来说意味着得添人添筷子，意味着无形中增加了负担。奶奶借了房子借了被子。房子是邻居马姨妈家堆杂物的半间旧房，好在有一面炕，这才算是让新婚的儿子和媳妇临时落下了脚。

就在这面邻家的土炕上，妈妈开始了她和爸爸短暂的蜜月。

就在这面借来的炕上，二十岁的妈妈迎来了初潮。妈妈到了银川，才第一次来例假。二十岁才初潮，是因为妈妈从小体弱，营养不良。迟迟发育的身体，让妈妈一直显得过于瘦小。这也许是奶奶一开始就不喜欢妈妈的最直接的理由，当然并不是全部的理由。在此后的日子里，抵触斗争，成了这对婆媳贯穿始终的主题，也成了日后家庭矛盾永不熄灭的主旋律。

十二

这是妈妈记忆里最冷的一个冬天。

除了吃的比老家强，其他样样都比不上泊镇老家。住的土坯房，因为条件简陋，到了冬天四处透风，简直就是冰窖。才刚十一月，晚上盖两床被子还不暖和，早上冷得人出不得被窝。老家出门就是街，在汝箕沟除了沟就是沟，只有一个门脸极小的小门市部。用妈妈的话讲，啥都没有卖的。妈妈说，在老家，倒是啥都有，就是没钱买，到了汝箕沟，手里握着钞票却没处花；老家冬天的梨和枣，多到谁也不稀罕，这里，冬天吃不上菜，更没有水果。老家出门就是运河，这里别说河了，吃的水都得到几里外的沟里去挑。这里的煤随便烧，可是火烧得再旺，人还是冻得要死。每天早上洗脸，都得先破了室内水缸里的冰，才舀得出水来。

全新的婚姻生活，很快就因为这些琐碎而变得乏善可陈。妈妈不开心。在矿上的夜晚，倒不用糊盒子，倒可以天天打牌，但是除了打牌那一阵子开心之外，其他大部分时间，不还是要面对柴米油盐？

很快，对这简陋而狭小的矿区，妈妈丧失了新鲜和好奇。缺这少那几近贫困的生活，令新的厌烦和无望一夜之间滋生，一种比在老家时还要强烈的无望，像天天刮个不停的山风一样，无时无刻不堵塞着空荡的日子。妈妈想要的生活远没有到来，而从前有的却一去不复返。妈妈心生上当受骗之感。但是此刻，木已成舟。

如果不是大姑时不时地接济，爸爸每个月的收入也只是勉强够温饱。愿望中的收音机，根本就是空中的肥皂泡，没有闲钱不说，也没有机会得到一张买收音机的特供票。那个时代，收音机作为紧俏物资，只有矿上的领导干部劳模先进才有机会分到。不只如此，让妈妈深觉上当的是，回到矿上不出一个星期，爸爸回老家的那身装备行头，统统还给了别人。手表是老姚的，衣服裤子和衬衫是大伯的，手提黑包是爷爷的，包里的一身毛衣毛裤是跟爸爸一起下井的一个浙江籍工友的。总之，所有用来为相亲装点门面的外包装，全是借的。属于爸爸的只有那支棕色的竹笛。

妈妈后悔了，但是这世上哪有卖后悔药的。

跟爸爸过了不到一个月，争吵就开始了。

十三

1966 年的汝箕沟，并没有因为妈妈的到来而变得更好，也没有因为她的到来而显得更糟。爸爸和我的姑姑们，还有矿区更多的人，体会到的是矿区生活的实惠安然。我的大姑在这里已经工作了八年，已经是三个孩子的妈妈了。二姑初中没毕业就到矿上参加了工作。

大伯和爸爸都在井下，他们的工作是把装满煤的矿车推到井口。每天三班倒，每班八小时，每一班要推够十五车。当年汝箕沟的井下生产基本上还是人工开采，半人工运输。

1961 年，爸爸初到汝箕沟时，汝箕沟煤矿已经是一个有着几千人的矿镇，当时井下工人刚刚结束了用草编背篓背煤的方式。

在宁夏，汝箕沟是历史最长的老煤矿。

　　群山环抱中的汝箕沟矿，自清代道光九年（1829 年）以来便有了开采煤炭的记载，距今已有一百八十多年历史，是全国开采历史最悠久的煤矿之一。矿区至今保留有民国 27 年(1938 年)颁发的采矿证……解放前建有私营德昌煤矿，宁夏解放后，改称宁夏新华第一煤矿，1952 年改制为地方国营宁夏第一煤矿，1954 年 9 月正式命名为汝箕沟煤矿。（据《平罗县志》，1990 年，宁夏人民出版社）

汝箕沟的煤，不仅是整个银北煤矿煤质最好的太西煤，也是地球上现存最好的煤之一。当时汝箕沟煤矿属宁夏地方管理，石炭井石嘴山各矿则属国家统配煤矿。在计划经济时代，地方和国家统配的区别，不仅意味着投入力度和收益分配的不同，更意味着，配套物资和生活服务设施的不同。毕竟，相比地方，特别是地域小经济落后的宁夏来说，国家统配意味着背靠大树好乘凉。

汝箕沟的煤虽好，开矿历史虽长，但是作为地方煤矿，从一开始，它的发展建设跟石炭井其他各煤矿，还是有着一定差别的。这种差别，是计划经济时代特有的，特别体现在生产技术的更新速度上，在生活福利、配套服务设施上。

妈妈说，你爸爸真是受了苦了。在西大滩放牛的那三年，赶上三年瓜菜带，差点没饿死。后来招工到汝箕沟，汝箕沟当时连个澡堂子都没有。每天你爸爸从井下出来，只能是浑身黢黑着到家，先用干毛巾把浮灰擦净，再打一脸盆水，抹上肥皂洗，洗完，再倒两盆水从头浇到脚。洗得干不干净也就这样了。调到白芨沟以后，每天从井下出来，才能洗了澡换了干净衣服回家；下井才有了羊皮袄，五年发一件，绒衣绒裤，工作服，手套帽子，棉的单的，胶靴，劳保棉鞋等劳保用品才发全了。在汝箕沟，你爸爸无冬立夏就两身工作服，一身单衣，一身棉袄。穿着棉袄下井，刚下去冷，干一会儿，热出一身汗。天天干活，天天沤出一身一身的汗，衣服能不臭吗，能不结成个硬壳吗？

汝箕沟的煤的确好，1966 年，妈妈初到汝箕沟时，汝箕沟的煤已经出口国外有两年了。妈妈在这里生活了五年，家里从来没有用过烟囱。汝箕沟家家户户都不用烟囱。可是，煤再好，能不花一分钱地白烧，能出口创汇，这对妈妈来说又有什么直接关联。妈妈并不快乐，没处逛去令妈妈不快，除了能吃饱不吃粗粮外，什么都缺的贫寒生活令妈妈一日日失望。

妈妈发泄不快的方式，只有吵，跟爸爸不停地吵。

爸爸日记里的最后一篇，记下了他们的争吵。此后，日记中断，爸爸再没有用笔记录他的所思所想，再没有记录他和妈妈一地鸡毛的生活。也许，一天天忙起来了，没有时间；也许是与妈妈的生活面临着越来越多的烦心事，爸爸不愿意复制不快；抑或者其他什么原因。我无从知道。就连妈妈也不知道。爸爸一生中极短暂的借由文字对自己的倾诉和表达，到此为止。

与此同时，妈妈发现自己怀孕了。

翻过年去，1967年初秋，我姐姐出生了。对于一个母亲来说，孩子就是她扎向这片土地的根系。虽然从前曾有多少期望寄于此地，现在就有多少悔意埋在这里，但是作为女人，妈妈的根系已经由我姐姐的降生而伸向这荒芜而坚硬的土地，变得更加别无选择。

我跟姐姐年龄相隔近三岁。这三年里，是爸爸妈妈争吵干仗不断磨合的三年。这三年里，他们打打闹闹，纠结交缠，终于确定了之后几十年的相处模式，那就是，爸爸一再地妥协退让，一再地迁就回避。

十四

1970年的正月十四，下午五点，我出生在爸妈的小土屋里。

当时，汝箕沟没有医院，矿上的女人生孩子，都由一个叫赵姨妈的上了年纪的大妈接生。妈妈说，赵姨妈把家用剪刀在火炉上烧一烧，剪断脐带，我便成了这个世界的新生之人，成了生在汝箕沟这个地界的矿工的后代。妈妈说完，不忘补充一句，就这一剪子，两块钱。我跟妹妹都是这样生在自家炕头，只花了两块钱却很皮实的孩子。

当时，汝箕沟煤矿只有一个小医务所，还有这个叫赵姨妈的接生婆。矿井下一旦发生事故或意外，出现人员受伤，则要送到山下的平罗县医院，或者银川的医院。

而同为矿区，因为 1969 年天津第四人民医院整体迁入建成矿务局医院后，石炭井及周边的孩子基本上都是在这所医院里出生的。就是在矿务局医院建立之前，石嘴山及石炭井两个矿务局也都有医院。

《石嘴山区志》（2005 年，宁夏人民出版社）中有详细记载：

> 石炭井矿务局职工医院成立于 1960 年 6 月，当时是在石炭井代开煤田公司卫生所和石炭井建井处卫生所的基础上成立的，时有医护人员 50 余名，其中有原大炼钢铁野战医院医疗队医务人员 18 名，有石嘴山支援石炭井矿区建设医疗队的医务人员 30 名。当时，全院仅有 18 间土坯房，一张简易手术床，一只手提式高压消毒锅，20 张简易病床。1961 年，医院迁入新建的窑洞房，设病床 100 张，成立了内科、外科、妇科、儿科，建立了 X 光室、检验科、理疗科室。1963 年，全院病床增加到 120 张。

> 1958 年 10 月，石嘴山矿务局职工医院成立。建院初期，医院设内外儿妇 4 个临床科室，并设药材检验放射 3 个医技科。

在当时的宁夏，除了银川，银北地区的医疗卫生事业因为煤炭工业建设的全面铺开，注入了当时外省区的优秀医疗人员，来自上海、北京的医科大学生、老工业区的医学专业人员成为银北煤炭工业医疗卫生事业的奠基者。煤矿医院，是以创伤外科和职业病防治为主的矿区综合性医院，除了煤矿生产可能时时面临的井下事故救治处置，还担负着全矿职工家属的疾病医疗和预防任务。在矿区艰苦的环境下，他们是带来生命和希望的人。条件越是恶劣，他们的作用和意义就越加重要。在那个时代，尽管所有的厂矿都以先生产再生活为建设原则，尽管贫穷，但是在教育文体医疗卫生等基础性需求和社会性福利方面，都是有基本保障的。

时间已经到了二十世纪七十年代，三线建设如火如荼，许多偏僻的西北城乡，都有了代表着现代文明的学校医院电影院等。

而在汝箕沟这个年产上百万吨优质煤的百年老矿厂，我仍然只能生于接生婆之手，这里绝大多数孩子只能到平罗各县镇的学校上中学。这个历史最长的老煤矿，还没有建起配套的医院和中学。

在落笔的这一刻，我对于自己的出生方式，第一次在意起来，第一次产生了这样的追问。而妈妈当年是怎么想的，我从来没有就此与她交流过。我只是从妈妈的回忆中知道，此时的妈妈在汝箕沟生活了五年，房子仍然是老旧透风的低矮的土房子，爸爸的工资仍是五年前的水平，一切都没有能如她所愿有所改变。矿区仍是老样子，仿佛一个被世界遗忘的角落，偏远封闭，满眼荒蛮。

而妈妈不可能回到千里以外的老家，也不愿意再到奶奶家生孩子坐月子，只能在自家土炕上生下我。当初执意在银川市第一人民医院生下姐姐，随后的一个月里，妈妈与奶奶之间的矛盾一再深化，甚至有些水火不容。妈妈因此落下了病，吃了近一年的中药才调理过来。然而，妈妈毕竟在城市的大医院里经历过大夫护士正规的接生和护理，而在自家炕头上生我完全是不得已的选择。这个不得已更加深了妈妈对汝箕沟这个小小矿沟的不满。

"1971年6月，为了支援卫东矿投入生产，从汝箕沟煤矿调入一支成建制采煤队一百九十八人。"矿志上把这件事当作1971年的大事记录在案。爸爸就是这198人之中的一员，在妹妹出生之前，随着整个采掘队一起调到了白芨沟。白芨沟当时叫卫东矿。

妈妈因身怀六甲，不便随行，暂时留在了汝箕沟。妹妹生下来仅四十天，妈妈就毅然离开了汝箕沟，随爸爸搬到了白芨沟。

虽然，从一个沟到另一个沟，从一个老矿到一个年轻的新矿，看似并没有太明显的区别，但是在妈妈看来，还是大有不同的。妈妈说，要是不离开汝箕沟，哪可能只生你们三个丫头，不生个儿子绝对不会罢休的。妈妈这样说当然是有根据的：一来，那是一个孩子越多越光荣的时代；二来，汝箕沟的职工家属，重男轻女的思想很是流行，特别是在煤矿这样需要重劳力的地方。

临产之前，正是需要爸爸在身边的时候，妈妈之所以支持爸爸调走，是因为她早就听说，仅仅一沟之隔，刚建起三年的卫东煤矿，中小学校医院都有，并且老师大夫多是从外地来的有文化有知识的城市青年。

1971年12月底，我们全家从汝箕沟煤矿搬到了白芨沟煤矿。

十五

2008年3月31日，农历二月二十三日，爸爸走了。他彻底从病痛中解脱了。

甚至连一句遗言都没有留下。

一个红皮笔记本，两支竹笛，这是爸爸仅有的遗物，也是他此生全部的遗产。就如他卑微而短暂的一生，简单明了。

爸爸走后，没玩够这三个字一直在我脑子里游荡。

我记得，在医院做介入手术的前一天，我安慰爸爸别害怕。爸爸说，怕倒不怕，在井下那么多年，前前后后死了多少一起挖煤的工友，我能从井下活着出来，能活到退休，退休又痛痛快快玩了这十年，也算是够本了。

看着医院进进出出来来往往的人，爸爸叹了口气，说，就是遗憾，没玩够。

我到今天都记得爸爸说这话时，突然间低下头，好像怕我看到他脸上的表情。

1961 年，十六岁的爸爸改了户口，冒充十八岁被招进煤矿。在选择当一个电工还是一个采掘工时，爸爸选择了采掘一线。采掘工的工资待遇和粮油补助要比电工高，光是每月发的粮票就要多十五斤，为了这多出来的十五斤粮票，爸爸毅然当了采掘工。

1998 年，爸爸退休了，当时五十三岁的爸爸已经是一个有着四十年工龄的老工人了。

没玩够，我想，这句话是爸爸最切身的遗憾——不得已早早辍学，不得已早早工作，不得已干最重的挖煤的活儿，正是长身体正是应该在玩乐中成长的少年，却不得不像一个成年人一样承担繁重的生活。

当然，那个时代，这样的经历比比皆是。老辈人并不缺乏把苦难诗意化的乐观，把人生缺憾当作生活财富的豁达，可这并不意味着，普通小民就该这样过活，就该带着这样那样单纯渺小的遗憾过完一生，仓促匆忙的一生。

我无法抑制悲伤。

1958 年秋天，十三岁的爸爸由银川二中一名初一学生，成为西大滩前进农场的放牛娃。

牛在滩上吃草，父亲靠在树下吹笛子。三年里，爸爸学会了放牛，学会吹笛子，学会了在孤单寂寞中自己找乐子。

从我有记忆起，爸爸就爱玩，不是打球就是唱歌吹笛子，退休后，每天上午在公园跳舞，下午放风筝。有意无意中，他似乎在以这样自娱自乐的方式弥补着年少时的缺失。

没玩够——这多像一个孩子说的话。

也许，在生活面前，爸爸一直以来就是一个孩子，一个沉迷游戏却不得不长大的孩子，一个从十三岁起，青春期还没到来就已经提前结束的不得不与年少的自己告别的孩子。

我耳边又响起了爸爸那句话：我倒不怕死，就是觉得没玩够。

在死面前，玩，显得多么的轻，又是多么的重。

矿山影剧院

一

"没有什么可以永垂不朽。"当我像一个观光客一样,再回到贺兰山深处的煤矿时,当我站在这片空地前,四下再也找不到曾经的电影院时,脑子里冒出来的竟是这样一句话。

时间流走,记忆变形,矿山电影院,这座山脚下方方墩墩的石头建筑,在只剩一千名职工的矿区,早就被改建成了职工文体中心。

可那些留在这座老电影院里的记忆片段,还原模原样地在我心里,并未化为乌有,一再触碰着我的过往和今天。

永垂不朽这几个字,在我人生最初期,总是长时间地保留在拦洪坝上。永这个字头上那一点是个方块,斜斜的方块,白色的。远看是一个大大的点,近看是一个斜着的方形,那是排刷刷上去的一笔。这些字出自小德子的爸爸之手，在矿上能用油漆写这种工整又醒目的大字的只有一个人，就是小德子的爸爸。

在我小小的脑海里，这四个字似乎会随时随地出现，不管出现在拦河坝上，还是影剧院前的宣传栏上，这四个字总是被写得又粗重又厚实。它们与我上学以后，或者与我在报纸上课本上看到的字都不一样，从开始出现就是巨型的，就是一种重大的所在。我就是凭着会写这几个字，上了小学一年级。在矿上，一个七岁的孩子入学报名时的测试，就是要看你除了自己的名字之外，还会写哪些字。在所有报名一年级的孩子里，我会写得最多——毛主席万岁，还有永垂不朽。这几个字，让招生的老师对我刮目相看。唯一写错了的是毛这个字，几个大人盯着，我一紧张，大弯钩被甩到了左边。这个写错了的字，却让我从此记住了，所有字的尾巴都是向右甩的。

很多时候，也许就因为某种错误，某种错位，甚至错觉，才让我瞬间的记忆沉积下来，成为生命中永不可替代的坐标。

二

卫东影剧院是座仿苏联礼堂式建筑，挑高很高，高高的门头正中间是一个水泥的阳刻五角星，两边是板刷行书，左侧是为人民服务，右侧是抓革命促生产。字和五角星都是涂了红油漆的，但常常是褪了漆色只剩下了灰的底色、灰的字迹。电影院的大门是一排刷了枣红色油漆的对开木门。木门前是两道生铁管铸就的栅栏式检票通道，锈迹斑斑。

当年，白芨沟矿叫卫东矿，白芨沟影剧院叫卫东影剧院。卫东，就是保卫毛泽东思想的意思。多么具有时代特色的名字，这个名字，足以说明它诞生的年代。

影剧院是大人孩子都喜欢的地方，建在矿区最中心的位置。可以说，是矿上最早的娱乐中心，也是当年唯一的娱乐中心。在那个时候，看电影几乎是国人唯一的娱乐，闭塞的矿区更是如此。每到放映电影时，成百上千的矿工和家属便涌向这里。

没有人记得曾经在这里放的第一场电影是什么，连爸爸妈妈也说不上来。因为他们来这里时，卫东矿已经是一个产了三年煤的矿区，电影院已经建成一年多了。"1970 年，影剧院建成，建筑面积 1200 平方米，座席 985 个。影剧院先后购进松花江 5501 型 35 毫米固定放映机，舞台灯光、音响、调光台等设备。影剧院除了放映电影以外，还接待文艺团体的演出和举办大型文艺活动，先后接待兰州军区文工团、石嘴山京剧团、宁夏秦腔剧团、西安歌舞团、西安杂技艺术、包钢文工团、宁夏杂技团、宁夏歌舞团、中国煤矿文工团、宁夏京剧团、张家口文工团、武汉歌舞团、兰空部队歌舞团、石炭井矿务局歌舞团等文艺团体的演出。"这段来自矿志的资料，印证着我日渐模糊的记忆。

说起来颇为奇异的是，我对卫东影剧院记忆最特别最深刻的一次却并不是看电影。

这天早上八点钟，矿广播站全天第一次播音临近结束时，播音员的声音突然在空寂的矿山再度响起，通知全矿职工家属到灯光球场集合。出其不意的声音尽管平静如常，却在向人们预报着大事的发生。

早上九点钟，电影院前的灯光球场上，已经是乌泱泱一片。矿区所有人在这天早上，就像急雨来时从山坡流向沟壑的水，不管来自哪个沟沟坎坎，全部都向电影院前的灯光球场涌来。全矿职工家属近万人，瞬间从各个方向聚向这里。从来没有一下子集中过这么多人，球场上显得有些嘈杂混乱。

一个领导模样的人拿着高音喇叭站在电影院前的台阶上，宣布入场的顺序。所有单位所有人排队依次进入电影院，先是矿机关的领导干部进场，然后是采煤一区的职工，采煤二区的，然后是供应科、矿商业科、服务队、机修厂、选煤楼、医院等。等所有单位的职工顺序入场后，最后是矿学校的学生和老师。各单位负责组织和维持秩序，电影院第一次没了把门收票的人。

那时候，矿上的重大活动，包括全矿人员参加的大会，都是在电影院里举行的。电影院是当时矿上唯一能容纳近千人的大型公共场所。也只有这里，才能让这么多的职工家属同时进进出出。相对于近万名职工和家属来说，一千人的电影院还是显得小了点。于是，这边排着队进，另一侧排着队往外出。进去的人在门口的桌子上拿起一朵素白的小纸花别在胸口；出来的人，一片唏嘘，眼睛红肿。

在这个寒冷的山风刮出哨音的早上，我和妹妹被妈妈拉着跟着大部队，进电影院去参加追悼会。谁也不知道为什么追悼会要安排在电影院。那大约是我有生以来参加的第一场葬礼，电影院里演播的葬礼，遥远得不可思议。

电影院门前从没有像那天那样，井然有序，顺序而入。我和其他多数孩子一样，有点不知所以。对于一个还不识字的学前儿童来说，天天在广播新闻里出现的毛主席竟然逝世了。

电影院还是那个电影院，我们的感觉却不同往常，似乎正走在某种神秘而悠远的通道上。

我并不害怕，只是无尽的好奇，我很想从妈妈那里打探点什么，可看看周围大人哭红肿的眼睛和严肃苍白的面孔，我不敢问。

哭泣的人越来越多，哭声变成了嘤嘤一片。明亮的光线很快变暗，我们随着队伍，慢慢进入了电影院。

电影院深处有一个闪闪发光的小方块，就在矿电影院主席台最前面。葬礼进行曲就来自那里，缓慢沉痛的解说话外音"我们伟大的……"伴随着哀乐的节奏流淌在电影院里。

伟大领袖逝世了，这是一件多重大的事情。伟大领袖的追悼会此时正在北京召开。和北京同步的是，我们全体职工家属，包括学生，都来电影院悼念伟大领袖，这多么神奇和了不起。我第一次对矿山外的世界有了种异样而模糊的感觉。第一次觉得时间仿佛是一个盒子，我们所有的人都在这个盒子里，就如眼前这个在黑暗中一闪一闪的小盒子，我们在看别人时，别人是不是也在另一处，从这样的小盒子里看我们。

还没进电影院，已经有好多学生开始大声哭起来。他们一边哭一边在说，毛主席走了，我们可咋办呀，谁来教导我们呀。这引来了更多孩子跟着哭。

大人们表情凝重，小孩子们也不敢说笑。一旦有人忍不住说话，一定会被老师或者大人狠狠地骂一通训一顿。

电视荧屏显得那样小，但它的音量却大得足以充满整个电影院。

我搞不清是怎么回事，但却被这小盒子里传来的悲伤之声所笼罩，被大人们抽抽搭搭的哭声所震慑。我担心地看着大人们。

我跟妹妹被妈妈拉着，随着商店职工家属的队伍往前挪。好多大人在哭，妈妈没有哭。

我和妹妹跟着妈妈，随着队伍缓缓走到主席台跟前。走到跟前才发现，这小盒子前立着一个麦克风，葬礼进行曲就是从这里放出来的，在电影院门口都能清晰地听到。这就是电视机，12寸的。黑暗中，不知道谁悄悄说。

我眼睛瞅着这台黑白电视机，脚下的步子却不得不往前动着，后面的人推着搡着，在催我们往前走，跟上大部队。在电视机跟前停留不过一分钟，稍稍停下看上一眼，还要在电视跟前一板一眼地鞠躬。我使劲地仰起小脸，瞅了又瞅，仍没有看到老人家躺在水晶棺材里的样子。绕过过道往外走，我和妹妹还在扭头看电视。此时电视里正在播放毛主席的生平，毛主席正跟西哈努克亲王握手。走在我前面的小君说，快看，毛主席又活了。刚说完，方姨就给她脑袋上来了一巴掌。

小君是方姨的女儿，跟我同岁，前一年刚从杭州老家回到矿上。这一巴掌打得小君直哼哼，倒真的哭了出来。一进电影院，大人就让我们哭，可哪来的眼泪呢？即使小君哭，也无法勾出我的眼泪。我只好蘸了点唾沫抹到了眼皮下面，看上去像哭过的样子。

等走出电影院，室外阴沉的光线竟刺得我们眼睛都睁不开了。稀里糊涂走进了电影院，又一头糨糊地走了出来，我有点昏昏然。似乎电影院里的那个小小的方盒子，让我们在黑暗中接收到了某种神秘的信号，而一出影院，这神秘的信号就被收了回去，只剩下一堆无解的困惑——毛主席是死在这个小方盒子里了？毛主席不是逝世了么，怎么还可以再活过来？真跟电影一样，比电影还神奇，因为没有看到放映机，也没有放映员，它就一直那么不间断地播放着。

大人们说，贺兰山峰顶上有一个接收信号的天线，有了那个天线，北京的消息就传到了这个小盒子里，只要有电，一拧开，就可以看到北京，甚至世界各地发生的事情。至于是怎么传过来的，大人们就说不清了。

就是这个小小的东西，宣告毛主席离开了我们，同时又在以神奇的方式告诉我们，毛主席他老人家永远活着。

就这样，在黑暗的电影院里，在一束小小的光影中，在沉痛的氛围里，我留存下对电视的最初记忆，完成了一个小孩子所无法理解的，但却无法忘却的送别。以至于在往后许多年里，我都以为这是我幼时做过的一个梦，一个荒诞的梦。

后来，在矿志上，我看到这样一段文字：

> 1976 年 9 月 13 日，卫东矿职工、家属、学生近万人在矿电影院召开悼念毛泽东主席大会。

这段简短的文字竟令我一时生出比记忆还似梦境的感觉。

这是我第一次参加一个人的葬礼，也是迄今为止，我参加过的最为奇特的告别仪式。

而这样一个奇特的仪式，很长时间以来，都让我以为，矿电影院是多么的不同寻常，更让我以为，我童年的记忆是多少有些夸张和神奇的。

三

刚才最后一响是北京时间十九点整。

听到矿广播准点报时，妈妈一边对表一边紧着催我们。

妈妈边催边拾掇。妈妈快速地把桌上的剩菜归到一起，把碗筷和锅全部归拢到水池里。

喝水的喝水，穿鞋的穿鞋。妈妈又催。

每到有新电影上映的傍晚，晚饭总是吃得这样匆忙。

急急忙忙中门一关，热闹慌张全部水一般地流到了马路上。

马路上的人一波一波，几乎全是涌向电影院的。

七点一过，太阳落山了，天一下子凉了下来，正是最舒服最凉爽的时候。

电影院里座无虚席，过道里添了许多折叠椅作为临时座位。整个电影院又闷又热。我们一家五口人挤在两个座位上，更觉得热极难耐。

那天上演的电影是《咱们村里的年轻人》，电影分上下集，票价也比平时贵出一倍，一张票五毛钱。

我们家每次看电影都是坐在五排最中间。总是仰着脖子看电影，以前我以为是因为我个小。每次妈妈买电影票都只买两张，每次买的都是特价电影票。一至五排是特价票，买两张特价票才花一张票的钱。五排最中间是特价票里最好的位置，用现在的话来说，是性价比最高的。

这一年我已经十岁，姐姐十三岁，妹妹不到九岁。虽然爸爸妈妈都很瘦，我们三个也瘦瘦小小的，但五口人挤在两张座椅上还是太挤了。爸爸抱着妹妹，姐姐坐在爸妈中间，我呢，则挤坐在妈妈和旁边一个不认识的男人中间。

从一开始，那个男人就一直嘟囔，你看你这老大老二买半票都超高了。三个孩子都这么大了，也不多买张票？那人又说了句，真的，检票的是怎么把你们放进来的？

就是这句话，把妈妈给惹恼了——你管我怎么进来的？我爱买几张票你管得着么？妈妈毫不示弱。

那男人不依不饶——咦，你占了我的座位还有理得很。

你想让我占我还不稀罕呢，有本事你别生孩子，有本事别带孩子看电影。妈妈说着把我拉过来，让我坐在她跟爸爸中间，让姐姐坐在爸爸的另一边。爸爸旁边是个阿姨。阿姨好说话——来来来，挤一挤，小孩子占不了多少地方。

往这边来点儿，你爸那边太挤了。电影快开演了，妈妈还在排座位。旁边那个男人吊着脸子，斜着眼看向我。

我坐得极为忐忑，尽量占更少的位置，免得妈妈再跟这个小气的男人吵起来。

从电影院门口，我就已经感到了不自在，感觉臊得慌。

每次进电影院前，站在门口排队检票时，妈妈会趴在我和姐姐的耳边叮嘱，肩膀窝一下，腿曲一点，蹲低一点。妹妹因为瘦小，个子刚过了一米，所以不用刻意降低个头。我跟姐姐几乎一般高，已经快到妈妈的肩膀了。妈妈一再地让我和姐姐把膝盖弯一下再弯一下。随着队伍挪到电影院的大门口，我和姐姐便一再地矮下去。就是这样，有时还是会被检票的田娃子给揪出来。

电影院检票的姓田，人称田娃子，都说他心眼坏。有关系的当官家的孩子，他就不挡，全放进去了。趁着田娃子乍乍呼呼要我姐去门边的一米线量身高时，妈妈连解释带耍赖，推推搡搡中，我们也就随着人流进去了。姐姐也机灵，貌似去量身高，早就猴子一样一低头，躲过了田娃子的胳膊，蹿进了场。

每次进电影院，我都会觉得长高是一种负担，心理的负担。勉强进了电影院，初时得了便宜似的窃喜，很快就一扫而光，等坐到座位上，长高长大的罪过感重又袭来，成了一种加倍的负罪。

一家五口人两个座位，不管怎么挤，都有一个孩子是多余出来的。不管是挤在妈妈的外侧，还是爸爸外侧，都要看旁边挨着的人乐意不乐意。于是，每次电影放映前，我都是内心忐忑波澜暗涌。等到坐好，等到电影院的灯完全黑下了，全场人的心思都被吸引到电影银幕上，我才渐渐安下心来，把心思放在电影上。

于妈妈来说，过日子一切以省钱为硬道理。一日三时，每时每事都要精打细算。看电影也是，既要娱乐更要省钱。只是，她从来都没有从一个孩子，从来也不会从一个已经长大，马上青春的女孩子的角度去想这件事情。

为什么妈妈不能多买一张票，让我们都坐得宽松一点，体面一点？为什么要这样，电影都要开演了，还要跟这样一个不认识的人为了座位而吵架？我真觉得难堪，还从来没像那天那样，难堪完全成了有模有样的庞然大物，跟我一起挤在电影座位上，挤得我惴惴不安。

妈妈吵过就没事了，很快注意力就全放在电影上了，看得津津有味。我心里却极不舒服，如坐针毡。这难堪便和这部电影一起，植根内心，再也摆脱不掉。

一种糟烂的感觉，从头到尾贯穿于观影过程，令我不快，却又不得不忍受着。电影因而显得更为漫长。

看电影成了一种煎熬。

至今，我不喜欢《我们村里的年轻人》。一听到这部电影，一想起这部电影，当年难堪不适的感觉似乎又在暗中回来了。

电影看得三心二意，记忆却颇为深刻。

我如果是男孩子多好。矿上的男孩子有很多逃票的伎俩：有时候不知道从哪里弄张假票蒙混过关；有时候是买一张票撕两半，能凭空多出一张票来，也能混进去；有时候甚至用巧钻或者硬闯也能得逞。一旦被田娃子逮住，嬉皮笑脸一番，最多头上挨上田娃子的两巴掌也就过去了。可逃票的哪有女孩子？想起来就臊死了。就是能逃了票进了电影院也不可能像男孩子那样，要么就地而坐，要么靠着电影院的墙就能很开心地看场电影。

在矿电影院里看过的电影不计其数，一场场电影看来下，令我的心智在黑暗中一次次发生微小裂变。有电影给我的，也有电影之外的萌生。黑暗中，总有一些有关无关的东西，不知觉植入我的身体和血液。

看完电影回来，爸爸妈妈大吵了起来。不是因为有多挤，也不是因为跟旁边的人闹了不愉快，而是因为爸爸抽烟。男人们抽烟，女人和孩子们嗑瓜子，这似乎成了影院里的标配。每次电影开场前，影院门口有两三个小摊，专卖熟瓜子和炒豆子。用四分之一报纸卷成个小纸桶，两分钱平平的一桶。好多孩子大人手里都拿着这样一桶瓜子，就像今天好多孩子看电影必吃爆米花一样。电影开场后，电影院里就没有真正安静过，一片嗑瓜子的声音。嗑着瓜子抽着烟看着电影，在那个时候，就是一种最好的享受吧。我们很少在小摊前买瓜子，多是从家里带。大概妈妈觉得花两分钱买那样一桶瓜子还是太贵了。

妈妈好几次因为爸爸看电影抽烟而不高兴。不高兴的原因，有时候是因为爸爸见谁都发烟，一包刚买的乒坛烟，一场电影看下来，发掉了大半包。妈妈觉得爸爸这是浪费，纯属大手大脚不会过日子。

而这一次吵架，却是因为爸爸看电影的时候光顾着自己抽烟，却没给旁边的人发烟。回家路上他们已经就这个事情吵过不止一个回合了。

妈妈关上门，又说，人家不给你发，你就不能给他发一根？甭管烟好烟坏，男人吗发根烟就认识了。想往工会调，你还耍牛气，不先跟人家领导打招呼？

爸爸说，领导咋了？他抽烟怎么不先给我敬一个，凭啥我就得先给他敬，他牛皮烘烘的，我才不上赶着热脸贴冷屁股呢。

要不说你死心眼，人家是领导，你倒好，比人家还牛。

妈妈一直希望爸爸能调到工会去，这样，既充分发挥爸爸的文艺特长，也能彻底改变挖煤工人的身份，多体面呢。

多少人想从井下调到地面上，哪有那么容易呢？因为不容易，爸爸对自己每年借着唱唱歌吹吹笛子打打球能有小半年时间不用下井，工资奖金一点儿不耽误，已经感到很是满足。也许，对爸爸来说，更多的欲望意味着更多的麻烦。在很多事情上，爸爸跟妈妈的思维方式全然不同，永远不在一个频道上。

看电影前的着急慌乱，电影院门口的拥挤嘈杂，到坐到座位上，灯黑下来，等待电影开始时的激动，再到看完电影，总因为这样那样，在我们小孩子看来根本没有什么意思的琐碎，成为爸爸妈妈吵架的理由。这些成了电影之外的附加品。

而电影扫向现实生活的那一点亮光，总是在还没完全从电影院走出来便已经熄灭了。

四

电影演到最高潮时，打仗打得最紧张时，总是会被某个孩子尖锐的哭声划破。整个电影院的气氛全被搅了，有人在黑暗中骂骂咧咧，有人还会吼几声。

妈妈不怎么愿意带我去看电影，就因为我偶尔会扮演那个哭声嘹亮的孩子，而且一哭起来没完没了，越哄越哭，越训越哭，越打更是越要哭。除非自己哭累了。

我哭的理由，多半是困了，不舒服，还有就是生气不高兴了。但是，大人的注意力都在那大大的银幕上，哪有空顾得上我？我就哭啊哭，全场除了电影的音效，便是我的哭声。旁边的叔叔阿姨也不耐烦了——能不能让孩子别哭了？妈妈却厉声厉语，谁家孩子不哭？我就哭得更加有理由了，把平时挨了妈妈训，被姐姐欺负，不敢说的委屈一股脑全哭了出来，有时候，直哭到电影散场，直接哭累睡倒在爸爸的怀里。

记忆中，从来都是爸爸抱我，爸爸哄我。回家的路上，是爸爸背着我，因为哭而得到关怀，似乎多半在这个时候。所以，我的哭总是在电影院里，因为在家哭，只会讨来一顿打，而在电影院里，众目之下，妈妈只能强忍着怒火。连哭也是要有策略的。

电影散场，我半睡半醒趴在爸爸的背上，不然的话，再困也要坚持自己走回家，除此，一路还会挨妈妈的训斥——都这么大了，谁抱得动你；下次再这么烦人，就不带你来看电影了。妈妈一凶，谁还敢再纠缠。而妈妈总是那么凶。在电影院一哭，却能得到拥抱和哄劝，还有爸爸的后背，睡在那上面比睡在家里的床上还要香，还要安心。

有过几次大闹电影院之后，妈妈就不太愿意带我去看电影了，但是把我单独留在家又担心。干脆，就把姐姐也一并留下，两个孩子在家也是个伴儿。

姐姐比我大三岁，刚上小学二年级。那天晚上，应该是夏末初秋的晚上吧。反正不会是冬天，否则我早就冻伤了。那天，爸爸妈妈只带着妹妹去看电影。

我们两人待在家里，玩着玩着没什么意思了，姐姐说，咱们也去看电影吧。我们一人抱了一个小板凳，往电影院走去。路上，我们一边玩一边走。我一下子踩空，掉进一个大土坑里。天已经黑了，我们谁也没有注意电影院门前有一个大土坑，坑还挺深的。我怎么也上不去，姐姐也够不着我。姐姐说，我去找人来救你。她让我在坑里等着。我在坑里哭啊哭，哭得累了困了，抱着小板凳在坑里睡着了。

后来我被发现的过程，就像现在报纸社会新闻版上登的一样，是个小小的新闻故事。电影散场以后，爸爸妈妈回家一看，家里没有我和姐姐，而姐姐不一会儿自己一个人回来了。妈妈问姐姐我在哪儿，姐姐一会儿说我在床底下睡着了，一会儿说我藏在柜子里。姐姐撒谎，因为怕挨打。

这时候矿上的大喇叭响了——谁家的小孩丢了，请速到矿广播室认领。

爸爸说，正着急上火，一听广播就猜到是我，赶紧去矿办公楼。广播室在办公楼的一楼。广播室的人把爸爸狠狠训了一顿，训爸爸怎么不看好自己的小孩。

原来，电影散场后，一个姓王的小学老师不小心也掉到坑里了。这才发现，坑里面还有一个睡着的小孩。问了半天，我都不说话，没办法，只好把我带到矿广播室。这才有了后面爸爸来接我的情节。

爸爸把姐姐打了一顿，让她在家照看好我，她却领着我跑出去看电影，还把我丢到大坑里就不管了。

姐姐说本来想到电影院找爸妈的，但是进了电影院就忘了，光顾着看电影了。姐姐现在还记得，那天晚上演的电影是《海峡》。等回到家才想起来我还在大坑里，可是怕挨打又不敢说。

我的怀里始终抱着小板凳，哭累了睡着了，紧紧抱着板凳，到了矿广播室还抱着小板凳。妈妈讲起我小时候的经历，总是要说起这一段，说我憨，从小看东西就看得紧，掉坑里两个多小时小板凳都没丢。

妈妈说的情境，我只有一点模糊的印记，黑乎乎的土坑里，黑洞洞的广播室里，一直都是光线昏暗迷迷糊糊的感觉。

似乎并不是记忆，反倒是妈妈一再的讲述让我记住和自动补充了那样一次事件。我只记得，到家的那一瞬，一下子从黑暗中到了强光下，白瓷瓷的日光灯亮得一点也不真实。

夜里九点钟响起的广播声，让我成为寻人启事的主角，而那个夜晚，却是在妈妈的讲述里得以复原。

妈妈说，是王老师把你送到广播室的。

妈妈讲起我掉进电影院门口那个大坑时，总是不忘补上这么一句。那个捡了我，把我安全地送到广播室的女子，后来成了我的小学英语老师。

我莫名地喜欢王老师，每次看到她都有一种说不出的亲切感，似乎是因为有了王老师，这段记忆才变得更加确证。

五

小时候看过的电影，特别是那种看不懂的外国片，总是让我有一种梦境和幻象掺杂在一起的惑然，而这惑然，有时候会比亲身经历更令人觉得真实撼动。仿佛这成了混淆真实和幻象的介质，促成了身体和意识深处的化学反应，成为无法遗忘又无法解释的另一种现实。

因为不懂，因为困惑，却导致异常深刻的惊恐，伴随着那些奇怪的影像留在身体里，这感觉像被大雨淋湿的衣服长久地贴在身上，湿漉漉的气息，渗入骨头，总也擦不干。

我因此记住了幼年时代一点也没看懂的几部电影。

记忆中第一部看不懂的电影是罗马尼亚电影《爆炸》。电影尾声，船在海面上爆炸开来，一片火海中，男人在奔跑中消逝了；过了一会儿，男人和他的妻子孩子有说有笑；紧接着又一次的火海，他再次在奔跑中隐没；然后，他又在那完好如初的船上，和工友们在一起；接下来，又是火海里的奔跑。生与死，在银幕上仿佛变魔术一样。这样的反反复复中，我不停地问爸爸，这个人咋又活了？怎么又活了？

爸爸说，电影就这么神奇，想让谁活谁就可以活，想咋活咋活。

妈妈则说，小孩子家哪儿这么多问题，电影都是胡编的，看个热闹就行了。妈妈又说，要是井下来这么一次爆炸，人早炸没了，往哪儿跑也没用。桂玲的爸不就是在井下被炸死的。

爸爸妈妈的回答并不能解释我心里的疑惑。

妈妈更喜欢把电影里的人生和故事，对号入座般地照应我们此时此地，总是能比照出相似和不同。矿井下发生过不止一次伤亡事故。妈妈所说的桂玲，跟我们家住在一排走廊房，成了妈妈给我讲解电影的现实材料。桂玲不到一岁就没了爸，桂玲妈守了好多年寡，桂玲爸因工死亡后，桂玲妈接了班，成了矿灯房的一名充电女工。

《爆炸》讲的是一起油轮爆炸事故。电影引起的是妈妈对现实的联想和反应，让妈妈直接想到的是桂玲一家人的命运。这是妈妈的习惯，这习惯一直维持至今。每每看电视连续剧，妈妈总会指着其中某个角色说，这个人可像以前矿上那个谁谁谁了，真是一肚皮的鬼心眼子。电影和电视剧，除了解闷，最重要的功能是让妈妈产生很强的带入感，其中所演绎的故事不管是发生在外国，还是发生在古代，都完全可以用来解释眼下的现实和正在行进的人生。电影延伸了妈妈的现实感，她可以透过电影窥见不同的人不同的生活，窥见陌生人的陌生世界，也窥见她所熟悉的周遭。妈妈总能从电影中得到某种通用的人生经验，再反过来以此对照和点评熟悉的人熟悉的周围。这是她的乐趣，电影把现实生活和遥远的世界连了起来。

爸爸和妈妈似乎从同一部电影里看到的完全不同。

爸爸的乐趣在于电影本身。爸爸简直可以说是酷爱看电影。有一年冬天，印度电影《流浪者》在矿上三天连映八场，爸爸连看了五场。如果不是妈妈强烈阻止，也许爸爸不止看五遍。妈妈说，再好的电影看一遍就得了，看来看去，说的还不是龙生龙凤生凤老鼠的儿子会打洞，外国电影也是这一套。妈妈看重的是电影故事和这故事的意义，而爸爸，一再地钻到电影院里看这部剧情并不复杂的电影，实在是为它美妙的歌舞所吸引。年轻时候的爸爸狂热地喜欢印度电影里的歌舞，爸爸是个爱做梦的人，也许一场电影就是一场梦吧。

我因《爆炸》记住了电影的神奇，记住了电影里男主人公一再复活，在大火中仿佛永生般的结尾。故事情节反而完全不记得了。

看这部电影是1976年的夏天，那一年我六岁，刚从河北泊头姥娘家回来，开始做上学的准备。此前，我在奶奶家生活了一年多，又在姥娘身边生活了近四年。六岁之前，我对电影没有什么印象。姥娘一天忙着做家务，根本没有时间去看电影；奶奶呢，有没有带我进过电影院？不到两岁的我还太小，完全没有记忆。

电影的记忆，都是六岁以后，回到爸爸妈妈身边后才有的。这一切都是从《爆炸》开始的。

成年后，当我知道蒙太奇这种电影技术时，第一个浮现的就是这部电影的结尾。

黑暗中的蒙太奇，电影里的生与死，开启了爸爸妈妈在我小小心灵上完全不同的蒙训。关于生与死的问题，从一开始，他们就给了我两种完全不同的人生启迪。一种宿命却浪漫，一种现实而尖锐。

不管我喜欢与否，从一开始，世界的两面，就通过这样不经意的方式，像条无形的汩汩流淌的水流向我，冲刷我，塑造我。

也许，正是因为爸妈他们完全两极的个性和行事方式，才构成了我纷杂混沌的完整世界，才有了今天的我看向世界介于黑白之间的中间色调。这种色调，并非与生俱来，而是后天生成，不断被外在所涂抹所调和的结果。

完全两极的认识至今纠缠我，雕凿我，使我成为今天的我——矛盾犹疑，忽左忽右，既欲现实又想浪漫，既充满伤感又豁然达观的我。

六

因为看不懂却记住的电影，远不止《爆炸》这一部。

那是七月中旬的一个傍晚，我刚刚结束在贺兰山滚钟口为期五天的野营生活。

那是我学生时代参加过的唯一一次夏令营。这是矿子弟学校举办的第一届夏令营，是矿上专门为奖励各年级三好学生而举办的。我作为矿小学少先队的大队副和连续三年的三好学生，被推荐参加了夏令营。

矿上的三个小学，矿育新小学、矿农场一居民点小学继红小学、二居民点小学胜利小学，还有矿育新中学三十来个学生，坐着扎着绿色篷布的军车，一路从矿上开到小口子。扎营的地点就在今天我已经很熟悉并去过多次的小口子。夜里，我们住在部队用的行军帐篷里。军绿色的篷布，支起了很大的空间，中间拉了一个军绿色的帆布做隔帘，一边男生，一边女生。

那是我生平第一次知道贺兰山小口子，它正式的名字让我觉得有些绕口——小滚钟口。在那时的印象中，小口子的树非常茂密。一方面确实是小口子植被的确茂盛，另外，还有一个更为主要的原因，矿上的绿色太少了。

此前，我们矿上的孩子大约只见过有限的几种树——山榆树、山杏树，就这三两样的树，立于大山深处，立于四季狂劲的风中，代表着植物这个词所赋予的全部。我只知道，除了杨树迎风招展毅然挺立之外，视线所及的很少的几棵树，在风中一下一下，被刮倒再挺立，被刮弯再直起身来。这样的树，个小，树皮干涩粗糙，枝干扭曲，叶子细小委顿，即使是盛夏，绿最为浓郁深沉的时候，它们的叶子发出的也只是有些雾白苍老的灰绿。也许，在狂风肆虐、寒冷漫长的深山里，一棵树，首要的是无所畏惧地活下来，只要能活下来，它的形式和色彩都变得不那么重要，或者说，显得更重要。在四野的光秃中，这零星的暗淡收敛的绿，足以代表种子最原始的生命力，那样的绿里，沧桑中透着顽强，舒展和释放着无所畏惧的生命张力。

而在小口子，我生平第一次知道什么叫苍翠，第一次觉得树的叶子有一种别致的美。自由活动的时候，我多半都在采集树叶，我在笔记本里夹了大大小小好多叶子。也就是从小口子开始，我喜欢上了搜集叶子，并且一直保持到成年。

我们扎营的地方，用贺兰山上的石头垒建了一个小小的灶台，埋锅做饭。那大得像洗澡盆一样的锅还不是让我最吃惊的，让我惊异的是充当炒菜铲子的，竟是两把新的木把铁锹。用铁锹炒菜的时候，总有同学围过去，抢着要感受一下抢着铁锹翻炒豆角。我在一旁静静地看着。那平头铁锹，在大铁锅里，在绿色的菜蔬之间，很快有了一把锅铲该有的油亮，但又和平常家里的锅铲完全不一样。

吃饭时，大伙依次排开，排队盛饭，在四周随便找个可坐的石头，稀落地围坐在一起。这样的饭吃起来总是格外香。吃罢饭，是不想进帐篷的，仅仅暴晒了一个上午，帐篷里已经焖热得像蒸锅一样。到了晚上，晒了一天的帐篷还热着，十几个身体，分两侧排开，一个挨一个躺下，总有人惊呼有蚊子。要知道，在矿上，最热的夏天，也远没有热到蚊子足以繁殖。所以，连对蚊子的讨厌也是稀罕的和惊异的。仅有的几把扇子大家抢着、扇着，自有一种热气腾腾的喧闹。待睡着，天已经很晚了。

山上的乌鸦，总是天刚亮，就啊啊啊地感叹着，这声音穿透整个天空，叫醒了我，令我记住了这不同于家中的早上，这个上空充满孤独感的地方。连山里的乌鸦叫，我也是第一次听到。

最有意思的是第四晚上的篝火晚会，晚会之后有寻宝游戏。扎营地附近，山石下、树根旁、树枝上，还有松果里，会出其不意地藏着一个纸条，纸条上写着：橡皮、铅笔、本子、字典等，找到写了什么的字条，就能得到什么。总是有人惊呼找到了又找到了。我什么也没找到，但是那种在黑暗的山石树木中的寻找，寻找中的希冀和渴望，让我难忘。

小口子五天的生活，我记不起更多的细节。但是，一种不同以往的感受——离开父母，离开熟悉的地方，在陌生的野外，在另一个空间里的游历——给我强烈的失真感和失重感，好像一段不可思议的梦游。

野营归来的那个黄昏，妈妈接上我并没有回家，而是直接带我去了矿电影院。进了黑乎乎的影院，顺着电影院的坡路往下走，我一再地抬头看电影院上空闪过的两道光，那是从二楼放映室那个小窗口透出的光。

电影在演什么我完全看不懂，但是电影里孤独、隐忍、期待、掩饰，却让我感觉那样强烈。从小口子回来还没有完全回过神来，电影院里的光影，竟造就了某种神奇的延续，加重了那种失真和失重的感觉。我感觉我不是从小口子回来的，而是从外太空回来的，回来所面对的一切，都不是我所知道的，我所能理解的。

电影院的灯亮了，电影结束了，没有看到开头的《砂器》，我完全没看懂，只记住了可怕的麻风病，还有电影里弥散而来的神秘阴郁的气氛。

妈妈起身往电影院外走，迫不及待地对爸爸说，我去接二丫头，你猜碰上谁了？不等爸爸回答，妈妈接着说，那个谁还有那个谁谁也都去接孩子了，我一看才对上号，那都是学习不咋地的，还不是凭着爹老子是干部，走后门去的。我看，还就我们二丫头还有Z大夫家的大丫头是凭真本事。妈妈扭身脸冲着我说，你看看，像咱这样的平头百姓，将来只能凭自己的本事。

妈妈说的，在我听来并不十分明白。可是，仅只是这一句话，就让我从电影的气氛中，从小口子的梦游中，一下子被拉回到了矿区光秃秃的现实里。

某种因暂时脱离既往轨迹的新鲜感和轻盈感，因对电影的不懂而造成的失去边界的浑然感，突地消失了。我醒过神来，回到了妈妈是非清晰的评判中，回到了妈妈一针见血的现实主义教育中。

而给了我清醒而惊觉的，竟是矿电影院，这个给全矿区人造梦的地方。

七

银幕上快速闪现乱七八糟的线条和字幕，电影院里一片嘘声、口哨声。电影突然中断。灯亮了，银幕恢复成了一块白布。

我问爸爸为什么不演了。爸爸说，在换胶片。在哪儿换胶片？爸爸扭过我的小脑袋，指指电影院后墙上方那个长方形的小孔洞，就在那后头。我一直盯着那个黑乎乎的小窗口，咋换的？谁换的？哪个李叔？

我的问题还没有问完，电影院又暗了。

爸爸嘘了一声，说，快看，开演了。我还在盯着那个窗口，整个电影院只有那里是亮的，射出了一道光，光在不停地漫散波动着。

电影银幕上一闪一闪，头顶上方的那道光线起伏变化着。觉得电影无聊或者完全看不懂而走神时，我会时不时顺着头顶那束不停在动的光，往后面高处那个小小的方孔瞧。

光就来自那里。

我知道爸爸说的李叔，他是矿电影院唯一的电影放映员。

矿上的人都知道，李叔会放电影，字也写得好。矿办公楼前宣传栏上的大字是李叔写的，拦洪坝上的标语是李叔写的，每次开大会，主席台上挂的横幅也出自李叔之手。

电影院前的海报也是李叔画的。每次上映新片，李叔会在一块黑版大小的木板上画上五彩缤纷的海报。

我见过李叔画画，他画画的时候是很威风的。大木板往电影院门口一架，各色油漆依次放在木板前。李叔的海报，是用油漆画的，他的画作，散发着一种好闻的油漆味和汽油味，还有木板散发出来的木头味。我很小的时候就喜欢闻这几种味道。

每次李叔拿到电影院门口画时，其实海报已接近尾声，他是为了放在阳光下，看看哪儿不合适，再做最后的修改。修改的过程很慢，李叔画两笔，往后退一退看一看，再画两笔，一个上午也画不完。

　　写字就快多了。我见过他在拦洪坝上写红漆大字，抓革命促生产、安全第一产量第一，还有什么友谊第一比赛第二、爱祖国爱矿山，等等。李叔拿着排笔，横平竖直，一下一下刷下字的笔画，每个字拐角的地方，都露出半个三角形的肩膀。要不了一个上午，拦洪坝上的宣传标语就写好了。

　　而电影海报要好几个下午，李叔才能画好。画好后至少能挂三五个月，根据新上映的电影再画新的海报。新海报也是在旧木板上画的，白漆一刷，旧的海报便永远盖在下面了，新海报伴随着新电影一起出现在电影院门前。

　　那样巨大有着一人多高的油漆海报，抬进抬出，要立到电影院的门头上，一个人是搬不动的。当它们挂在电影院大门门楣上方时，远远瞧去，红的绿的黄的蓝的，画面十分醒目，真是光秃秃的矿山最好的点缀。只是近看的话，总是不如远看那么顺眼，总令人觉得那上面的色彩你拥我挤，有点闹腾。特别是海报上的人，那张差不多有半人高的脸，那么不经看，瞧着有些别扭。本来是半侧着的脸，但鼻子却不那么配合有点歪扭。

　　说实在的，李叔的字不错，画海报要比写字差那么一截子，外国女人总是画得像男扮女装，僵直生硬的浓眉大眼，胳膊和腿要么太长，要么太短。那些海报上的男人女人，都是李叔照着真正的海报或者电影胶片盒上的剧照画的，可是怎么瞧都像是漫画一样，有着某种奇怪的夸张和变形。女人的脸红里偏黄，好像得了黄疸病的人在发烧，嘴唇又红又大，好像南方的一种金丝猴。本来漂亮风情的叶塞尼亚，看上去目光呆滞还有个傻愣愣的壮汉似的大鼻子，好看的只是那一头波浪式的大卷发；杜丘先生的脸很僵，脖子简直就像一截木桩子。这些外国电影上的大明星，到了李叔的海报上，一律地变丑变蠢了，一点也不像。只是叶塞尼亚这几个字写得漂亮极了，像叶塞尼亚的卷发一样。所有横竖撇捺，只要是可能的，都会卷起一道弯曲，充满弹性似乎可以无限舒展。海报上的美术字不同于拦河坝上的标语，倒有种舞蹈般的动感。

海报架在电影院上方时，那些令人看不过眼的丑，似乎就变得无关紧要。重要的是，门头上立着这样几幅花花绿绿的巨型海报，电影院就更像一个电影院了。

有好几次，我去商店找妈妈，远远就看到小德子爬到电影院门楼的上方，给他爸爸打下手。电影院在商店的斜对过，商店坐北朝南，电影院坐东朝西。空空的灯光球场上，一眼就看到电影院大门上方悬着两个人，一大一小。

夏天的下午，太阳转向西边的时候，小德子一边给他爸爸递油漆，一边拿着一个排刷，在涂抹海报背景，那些被风吹日晒已经脱了色的电影海报，需要补一下漆色。小德子在李叔的指挥下，一会儿刷红色，一会儿刷黄色。

那时候，我们会想当然地以为，小德子将来准会接他爸爸的班，成为一个电影放映员。多好啊，可以继续随便看电影。我们都知道小德子和他两个弟弟看电影从来不用买票。李叔每次上班时把他们带上，先到二楼放映室等着，到人都坐好了，灯一黑，才让小德子他们到一楼来。若没满场，就随便找个座位一坐，满场的话，一人搬一个板凳，小德子带着两个弟弟往前排过道一坐。如果是星期天，电影通常会从下午两点开始上映，一直到晚上连映三四场，小德子如果想看，可以连看几场免费电影。这是多少小孩子眼馋的事情。一想到小德子以后还能当电影放映员，还能接着看免费电影，真是令人羡慕。

在矿上就是这样，爸爸将来不干了，孩子是可以接班的。爸爸是矿工的话，退休了，儿子接班就去井下继续挖煤，女儿接班就在矿井口的充电房，或者到选煤楼当选煤工人。

那么电影放映员的儿子呢？接班后至少还能当个电影放映员吧。至少在当时，我们是这样认为的。

八

班里的男生，我第一个认识的，就是李叔的儿子小德子。我跟他在一个班，还在一起同桌过半年。不好好听课时，小德子也不像别的男生那样乱说乱动喜欢欺负女同桌，永远都是在一张小纸片上画呀画。小德子在书和本子的拐角画了好多小人小动物，影响我也喜欢在课本的空白处乱画。小德子画得那么好，每次美术课上，他的作业都让老师拿来当作大家的摹本。

矿小学没有专门的美术老师，都是语文老师或者数学老师，甚至体育老师兼任，我们的美术老师是我们的班主任邹老师。邹老师说，你们看小德子是怎么画的，多跟他学学，说完老师就出去了。美术课堂立马就成了自由市场，大家伙儿打打闹闹，然后再轮番抄描小德子的画作，交了作业便妥了。

小德子画了一幅放牛娃，画上是一个穿着小汗衫的小男孩，骑着牛在吹笛子。小德子说，他是照正演片前的加演电影，那部叫《牧童》的动画片画的。为了看这部加演片，小德子连看了三场《一江春水向东流》。

那时候，我们小孩最喜欢的就是正式上演的电影前的加映片。大人们老是说，先看十五分钟加映片，说来说去，我听成了"假影片"。"假影片"比真电影还要好看，因为多半是动画片，《小鲤鱼跳龙门》《渔童》《海螺姑娘》。

小德子画的就是"假影片"《牧童》里的放牛娃。这段时间正好大家刚看过这部加映片。小德子画得好极了，画得比他爸爸还好。大伙儿因此都觉得小德子岂止当一个电影放映员，都有可能成为一个画家。我们矿上，如果说会画画的，也就李叔吧。小德子画得比他爸还好，不当画家当什么呢？

我们班的黑板报，每次都是小德子画的。小德子有一本小宝书，那是他爸爸从银川的电影公司拉片子时专门在银川新华书店给小德子买的，一本叫《黑板报美术设计》的小册子。那上面有许多美术字、插画，还有各式各样的花边图案。每次画黑板报，小德子就拿出他的小宝书，照着书上的图案，写啊画啊。这个时候，我们能趁机翻翻这本漂亮的书。平时想问他借着看看，没门儿。有人要出两分钱看他这本书，小德子说，要看可以，不能拿回家，只能在课间看。那谁看，太亏了，商店门口星期天偶尔会有大孩子摆书摊，小人书一本一分钱，可以看半个上午。那本美术书总共才一毛四，两分钱才让看十分钟，真黑心。小德子解释说，这是宝贝，我怕你拿回去就不还我了，弄丢了怎么办？纠缠了半天，就是谁都不肯借。

学校教学楼前的黑板报，老师也常常叫小德子帮忙，写美术字画插图还有装饰性的花边。小德子帮过一次忙，邹老师就全权交给他了。实在是，他比老师画得好写得好。连邹老师也说，小德子将来准比他爸还厉害，他爸干到头也不过是宣传科干事，小德子可以到《矿工报》当个美术编辑。

我第一次知道《矿工报》，第一次知道画画好还可以到报社当编辑，就是因为小德子。之前，我从没有注意过矿办公大楼的公告栏前贴的报纸，自从老师说过之后，我偶尔路过办公楼时，会专程到楼前布告栏去看看报纸，一张《宁夏日报》，一张就是《矿工报》。那上面的插图，也许有一天会出自小德子之手。至少我觉得，跟小德子在黑板上画的也差不太多。

临到小学快毕业那年，我跟小德子再没坐过同桌。

学习不好不坏，脾气也不好不坏，不爱说话，如果不是因为画画好，小德子很可能是那种不被人记住的同学。

小德子画得越发好了。从小学一年级到五年级，小德子一直是办黑板报的主力和高手。每个月要办一次板报，每年迎新时要布置教室，画画写写的事都由小德子包了。他还是那么爱画，还是那么爱在书本的空白角落里画画，并且，画得像小人书一样，一幅连着一幅，都是带故事的。后来，还发展出画那种可以动的小人，书页边角的小人随着书的翻动，可以做第五套广播体操，一招一式都跟我们课间做的一模一样，真有意思。他的课本被传来传去，成了课间玩乐的把戏。

女孩们跟小德子关系好，可以得到小德子画的小人儿，男孩们跟小德子搞好关系，可以在看电影的时候不用买票，就能让小德子想办法带进去。小德子无意中成了男生女生都喜欢的同学。

我曾经还存着一本小德子画的小画书，他送给我的。书角有一个小孩，快快翻，那里面的小孩一蹦一跳地往前跑。可惜的是，后来我家搬家，那本小学课本放在一堆旧课本里，被我妈当作破烂给卖了。

九

那时候还没有双休日，只休星期天。周六的下午一般不上课，平白多了半天假。原本下午打扫卫生就改在了中午。那天中午学校停水，打扫卫生时，同班的两个女生去后山泉眼打水。

我们煤矿子弟学校在矿区西北角的山坳里，是矿上地势最高的地方之一。教室是一排红砖平房，因为地势高，教室旁的水房总是没水。如果是冬天，赶上没水我们就那么干扫，满屋子尘土飞扬，土尘加煤灰呛得人直咳嗽。扫还不如不扫，谁值日谁倒霉。要是夏天就好点，不点大铁炉子取暖，也没有煤灰，最主要的是，没水的时候可以翻过山头去找水。

紧挨着学校的后山有一眼泉水，泉水不大，但是总汪着那么一小潭，水清而浅。一次至少可以提一桶半。有了这点水，洒水拖地都够用了。

两个女生回来时，在山顶碰到了小德子。小德子说，他要到后山转转。两个女生还没回到教室就下雨了。雨下了二十来分钟，又急又大。

那天从中午到晚上，小德子都没回家。李叔到处找也没找着。那两个女生之后，谁也没见过小德子。

大人们说，最怕的就是这种急雨，一旦下起来，最容易发山洪。

都说小德子是让山洪给冲走了。可是大家又不那么确信。要发山洪的话，矿上那条唯一的马路准成了一条浑浊的河，可是雨没下那么大，刚把地打湿就停了。

小德子去了哪里？大人们分头找了好几天。可是山这么大，沟这么多，到哪儿去找呢？小德子平时也不是那种淘气的孩子，干什么都有分寸，怎么翻了个山，就再没影儿了呢？谁也不知道小德子在哪儿。大人们分析，急雨大小不一，也许山那边要下得更大一点。

小德子没能跟我们一起小学毕业。

小德子彻底失踪了。小德子的失踪成了永远的谜。

十

后来，我再去商店找妈妈，仍能看到李叔在电影院门前画海报。从前，一大一小两个身影，现在变成了一大两小，给李叔当帮手的是小德子的两个弟弟。

妈妈总说，小德子失踪后，你李叔画的海报，上面所有的人都哭丧个脸。

其实，在我看来还是原来那个样子，以前李叔画的海报上的人就是笑着，两条深深的法令纹也像哭似的。

十一

那个时代，在旷野里，在荒山上，在盐碱滩上，即使再荒无人烟的地方，似乎有了电影，就有了欢声笑语，人们就有了战天斗地的勇气，有了战胜蛮荒的斗志。

电影留在爸爸妈妈他们那一代人心里的感觉，跟留在我们这一代人幼年记忆里的不大一样。它可不只是娱乐，根本就和粮食、煤一样重要。

那个时代，电影院也不只是用来演电影的。更多的时候，去电影院象征着一种自然而健康的社交生活。

电影院不只放电影，还用来演节目，开大会。不演电影的时候，一米二高的主席台就成为舞台。每年的矿职工代表大会、矿学校师生大会，都会在这里举行。除此，每年一到两次的学校文艺汇演，矿毛泽东思想文艺宣传队的文艺演出，还有每年都会有的中央或者省级、部队歌舞团慰问矿区的文艺演出，全在这里上演。

相对于每周一两次固定的电影上映，一年到头，能看到的这样有数的几场演出，对于矿职工家属来说，简直就像是过节。

外来的专业团体的演出，终究是有数的，有时候好几年才能有那么一次。而每年一到两次矿学校和矿宣传队的演出，却成了矿区舞台上常演常新的保留节目。

每到这时候，我和妈妈是观众，而爸爸和姐姐妹妹则是台上的演员。如此说来，对于他们而言，矿电影院的舞台会有不一样的感觉。只是，怎么个不一样，年年在舞台上表演的他们，从来都没有跟舞台下的我们，跟总是当观众的我们讲过。即使是在家里也从来没有说过。

无论他们在台上演得如何成功，如何受到台下的熟人们的夸赞，妈妈和我似乎从来也没有想起来问问他们。好像爸爸的笛子，不过是从家里搬到了舞台上，换了一个地方吹奏罢了，那些曲子，我们在家听得熟得不能再熟了，熟得几乎没有什么新鲜感了似的。姐姐的舞蹈也是，看过了她在家里一遍又一遍地自己哼着曲子排练，似乎舞台上的那一瞬间也不觉得有什么特别。妹妹在乐队里合奏，伙在一个小团队里，瘦小的妹妹一点儿也不起眼。

年年如此。

爸爸的笛子独奏吹奏得怎么样？姐姐跳得如何？妹妹琴拉得如何？我都是间接地听邻居们在谈论，听同班同学在评价，还有妈妈商店的同事在说起。他们所觉的好，于我们似乎司空见惯了。

甚至，对于别人的赞美，妈妈的反应很有些不以为意：就是个玩儿的事，跳得再好，吹得再好，拉得再好有啥用？

妈妈的态度，像是谦虚，又像是不以为然。

的确没啥用。每年矿上的文艺汇演，爸爸的笛子独奏都是保留节目；每次的学校表演都少不了姐姐的独舞、领舞。然而，紧张的排练，两三个小时的一场演出之后，爸爸仍是三班倒的井下工人，姐姐仍因为学习成绩不好在班里扫尾，因此总是挨老师的训挨妈妈的打。

跳得再好，能当饭吃？跳舞好能找上工作么？这成了妈妈一再阻挡姐姐登台跳舞的理由。妈妈的话，总是透过现象直指本质，似乎是能看得见的现实，至少在当时的矿区如此。

妈妈常会将话转到爸爸身上：吹奏得再好，再有那么两下子，要从井下调到地面，没有关系不托人，又能管个什么用？！也许就因为妈妈时常这样念叨，姐姐从来也没有想过有一天，她真的可以以舞蹈、以她所热爱的事情安身立命。甚至，妹妹也从一开始只把拉琴当作业余爱好。在当时的矿区，不只是妈妈，似乎所有人都看不到某种可能。

姐姐从蒙古舞《草原英雄小姐妹》到印度舞《吉米来吧》（印度电影《迪斯科皇后》插曲）再到《霹雳舞》里的太空舞，从还没有上学一直到中学毕业，一路跳过来，一直是自娱自乐的爱好。

这当然也没什么不好。毫无目的地跳舞，让姐姐的学生时代轻松快乐，让姐姐的成长历程有着我们这些同龄人所没有的欢娱。

只是可惜的是，这欢娱，这文艺特长，在姐姐工作以后，结婚生子以后，也就基本完结了。

姐姐最高光的时刻，是在矿山影剧院的舞台上。离开这个舞台，她最终归于庸常，甚至暗淡。

在这一点上，她也许最像爸爸，对于自己生命中最出色的一部分，更多时候是暗藏于身体深处。除了业余舞台，他们无以完全释放和表达自己的天性。时间久了，竟安于这种不去表达，甚至忘了表达。

那绝无仅有的青春的光鲜，仅有的光彩，因妈妈的预判压制，过早地熄灭了。

妈妈常以我的学习之好，去打压姐姐文艺上的优长，就如同我在上学之前，妈妈总以姐姐在舞台上的光彩来讥讽我的木讷和内向一样。

妈妈一直以她所特有的方式激励我们。但也许，同时也在以另一种方式压制着原本应当各有风采的天性和青春。只是妈妈和当时的我们都不知道罢了。

十二

放学回来的路上，我和几个同学能一起走半截路，这其中就有老六。他家在靠近医院的那片平房。我们可以从学校走到矿中心，然后再分道，我朝东，他朝西。

一起回家的路上，还有其他两个女生。其中一个是热心学校文体活动的张罗者。路上，她提议要排一个四人集体舞，配乐是那一年非常流行的一首歌——《草原牧歌》。连舞都不用编，不知道她从什么地方找来录像带，现成的舞蹈动作，跟歌曲一样，简单易学。

每年冬天，煤矿子弟学校要准备迎新年的文艺表演。小学一年级时，我以高八度的嗓音，唱了一首大人的歌《红梅赞》。那之后，我再没有登过台。并不是因为我唱得不好，而是妈妈说，你看你们仨，你长得最不好看，你姐长得好跳舞好，小三儿虽然瘦但有气质，而且聪明，不管学什么不用怎么学都比你学得快。你呢，就得靠用功，不能分心，得把所有精力都放在学习上。

因为妈妈的指引，我努力地维系着学习上的好。要知道，除此之外，在妈妈眼里，我是没有什么可以拿来说道的。

于是，年年三好学生成了我不是目标的目标。我以此来保持着从前所未体会到的被妈妈重视的美好感觉。

咱们一班只有这一个节目不够吧？我一听她这样说，不知道从哪里来的勇气，说，老六，我们俩合唱一首歌吧——《请跟我来》。从初三开始，我迷上了罗大佑的歌。

我也喜欢这首歌。老六很爽快地答应了。

能和老六同唱这首歌，我又紧张又兴奋。我们排练了没有，在哪里排练的，我什么也不记得了。

当然，表面看上去，我仍如平常，并没有显得多么高兴。我本就不是一个喜怒外露的人。女孩子要收着点，女孩子要笑不露齿，别傻乎乎跟个二皮脸似的，从小妈妈就是这么教育我们的。我一直就这么收着，心里波澜不断，表面上却冷冰冰的。我想我唱歌的时候一定也是这个样子，脸上毫无表情地在唱，好像只是为了让我们高一（1）班再有一个节目，只是为了完成一项任务。而实际上，我的内心惊突得，每时每刻都像是要得心脏病似的。

各班的节目报上去之后，我们五个人就代表高一（1）班去参加节目预审。审节目安排在下午，最后一节自习课加上放学后的时间。

轮到我们时，天快要黑了。歌只唱了一半，石老师便不让唱了。算了算了，这个就算了，老六唱得蛮好，你没放开，声音都没有出来。石老师指着我。审高中组节目的是我家邻居石老师，他毫不客气地把我们的二重唱给枪毙了。

我跟老六的二重唱，非正式地只唱了半首。我一时鼓起的登台表演的勇气，一下子就泄了。跳四人舞纯粹是为了完成任务，跳完，回去坐在观众席上，像往年一样，面向主席台，成为一个从头到尾心不在焉的观众。

在踏起的灰尘里，老师和同学们完成全校师生欢庆的彩排预演。而我蚊子般的歌声连彩排的机会都没有，便被抹掉了，成了一场青春期的空喜欢，以这样影子般的形式留在了电影院的舞台上，留在了希望永远落空的舞台角落里。

那次演出后，我再没有登过学校演出的舞台。那是我整个学生时代唯一一次登台表演。

十三

这样也没什么不好，我还记得那首歌，还记得青涩的羞赧，那只有青春时代才有的喜欢一个人毫无来由的心里扑腾乱跳的感觉。

高二分班，老六分到了理科班，我留到了文科班。

我一心学习，偶尔会看到老六从我们班教室门口走过，心里打鼓，脸上依然什么表情都没有。

又到了新年。经历了上一年的挫折，我再也鼓不起登台表演的勇气，何况，我跟老六不在一个班了，再也没有可令我急欲表演的理由了。

这一年，班上突然开始兴起送贺卡，从前都送明星卡片，现在是贺卡。我专门让同学从大武口邮局代买了一张贺卡。邮局里只买得到一种贺卡，灰褐色的底色，上面画了一只渔船。我反反复复，绞尽脑汁想，该在上面写句什么。新年快乐，多好，可是太普通，没什么意思；祝你学习进步，实现梦想，也不好，太俗。我一直在想写一个不俗的，要他看上一眼就一辈子忘不了的。而直说喜欢你，这是难以启齿的。特别是在这样一张贺卡上，表白就像是一个罪证一样，那会引出多么可怕的后果。要知道，老六的爸爸是我们学校的老师，而且是我们所有学生最怕的那个老师，是教导处主任。他每天都要从某个班揪出个把学生，不是头发留得太长的，就是裤腿太宽衣冠不整的，或者不好好听课偷看课外书的，或者逃课的，甚至还有些看上去挺正常，却在老六的爸爸看来已经露出不良苗头的老实学生。

原本只是一张贺卡，原本只是一种喜欢而已，我的心思却七拐八拐拐到了不知哪条岔路上。那时的我怎么想得那么多。我想了半天，又想了一天，想得枝杈丛生，想得乱七八糟，还是没想出来写什么。第二天就放假了，我必须在这天把贺卡交给他。

我最终落了笔，写下了一句口号般的蠢话：愿我们勇敢地前行。就这一句话。然后，我趁着最乱的课间操时间，到他们班门口叫了一声老六，塞给他就走了。

这是我送给他的唯一礼物，在送出贺卡那一刻，也是我心跳得最猛烈的时候。之后，我再也没有跟老六说过一句话。好像因为有了这张贺卡，我反而不能再主动找他了似的。他也再没有跟我说过什么。各在各的班，各自有各自的同学和朋友。大家都在为即将到来的高考准备着。

老六最终考上了委培大学——就是当时矿上为培养人才，委托一些大学代为培养，发的证也是大学本科证，不过，毕业后必须回到矿上。

之后，我们再无联系，彼此再无任何交集。

不善表达，不会表达，不敢表达，这份心思便成了一种四处掩藏的内心独白，留在了青春期的空白里。

幕布打开又合上。舞台上的灰尘，会腾起但终会落下。

我们终于高中毕业了，上大学的上大学，没考上大学的忙着想办法找个正式的饭碗。电影院的舞台上，每年仍是两三场演出，矿上的和学校的，文艺汇演年年照常进行着。我却再也没有进过矿电影院。

没过几年，电影院开始放录像。又过了没多久，电影院关了门。

十四

卫东矿影剧院，我跟你爸爸来时就有了。妈妈翻出旧相册，指着当年和妹妹在电影院前的合影给我说。当时你爸的工资是六十块八毛，我的工资四十块。两个人的工资加起来一百块钱，每个月要给姥娘寄十块钱。剩下的钱总不够用，但是再不够用，电影也是要看的。

别看是在矿上，那时候还真看过不少名演员唱歌跳舞呢，邓玉华到矿上来演出，电影院里围了个人山人海，要不是因为你爸是矿宣传队的，咱家五口人咋可能坐在十排，票抢都抢不上。

随着妈妈的回忆，我脑海重现着那次演出的盛况。邓玉华一唱起《情深意长》，座位上的人都站了起来，几乎是唱一句一片掌声。

每隔两年，中国煤矿文工团都要来矿上演出一次，只要到宁夏，就要来白芨沟，因为白芨沟是国家统配煤矿，规格高。妈妈沉在回忆里，还在絮叨。

妈妈翻着照片，时不时说上一句，你可知道你爸在台上演过多少节目，吹过多少曲子？年年不落。我还没嫁给你爸时，你爸就天天排练节目。一开始，汝箕沟煤矿和白芨沟煤矿两个矿的宣传队在一起排练演出，宣传队的名字叫"白汝毛泽东思想文艺宣传队"。

如果不是妈妈说，我根本不知道爸爸所在的矿宣传队还叫过这样一个名字，这名字像《林海雪原》里的白茹，只是音同字不同。这支诞生于二十世纪六十年代后期的矿区宣传队，取这样的名字，大概是有这样的用意的。我只是猜测。这其中的缘由，也许只有爸爸和大姑，以及当年的宣传队队员能说出个大概吧。可惜如今我已无从考证。爸爸和大姑都已去世。

可惜啊，你爸爸登过那么多次台，却连一张演出的照片都没有留下。妈妈似乎在自言自语。

家里并没有爸爸当年在舞台上的照片，一张都没有，哪怕合影都没有。姐姐几乎也没有。虽然他们留在这个舞台上的身影并不少。

没有照片，也没有文字的记录，如果不是还有妈妈和我的记忆，过去真是变得依稀恍惚。

十五

现在是北京时间七点整。妈妈听到电视里的报时，放下影集，开始对表。

每天晚上七点，妈妈仍会准时校表。这似乎成了她每天晚上固定时间内的固定动作。多年来，这个习惯雷打不动，从我有记忆起就是这样。而人到老年，某些早年间的习惯就会得到一种更加固执的强化。不过，妈妈不再是听着广播，而是看着电视，对着新闻联播里的时间播报在对表，在对鞋柜上的电子闹钟。

我看着正在对表的妈妈，听着她喃喃自语般的絮叨，似乎从前的岁月又回来了——

年轻的妈妈边听着广播里的准点报时，边对着腕上的手表，一个劲儿催我们——快点快点，要迟了，电影看不上开头了。

附：

白芨沟煤矿位于贺兰山北段深处，原隶属于宁夏石炭井矿务局，建矿历史五十余年。1966 年 2 月，国家煤炭部七十九工程处的首批人员 30 多人进白芨沟进行勘探开发。1969 年，七十九工程处机关及大批职工迁入白芨沟。1970 年 8 月 20 日七十九工程处改名为卫东煤矿。1985 年 2 月 6 日，矿名由卫东煤矿更改为白芨沟煤矿。2013 年，由白芨沟、汝箕沟、大峰矿三家煤矿重新整合成立了汝箕沟露天煤矿公司，作为宁煤集团下辖的银北老矿区的保留地，目前仍在开采生产。

梦房子

我回到只有半间的房子

不期而遇

戴着灰色鸭舌帽的爸爸

他那么年轻

与我同龄

他什么都不说，露出陌生的微笑

也许，我在这个世上变得太快太老

而他在天国，正返老还童

我记得他年轻时的容貌

他却从未见过我颜面的衰老

——题记

一

二楼的窗户，几乎是我少年时期看这个世界的一个小小万花筒，它让我觉得外面那么荒蛮，却也那么有意思。虽然大山环绕中的这个世界这么小，我能看到的这么有限。

放学之后，没有什么地方可去，我就趴在二楼看向窗外这个小小的世界。我喜欢这朝向马路的窗户。我喜欢趴在窗前往外看。

一条一边高一边低的马路，零零星星偶尔走过的人。

多数时候，对面楼上基本不出门的灵灵也像我一样趴在二楼的窗口看向马路，看来来往往的人和车。

窗户后面的她显得那么小，好像比我要小上三号似的。我知道，每次我越过窗户看到的一切，她也一样会看到。只是，我从来不知道，她所看到的，和我看到的是不是一样的。

谁也不知道，灵灵从来没有对任何人讲过，夏姨也不说。

因为不出门，因为很少说话，我们家属区的小孩时常会把灵灵忘了，忘了还有这么一个特别的小孩。因为上学的队伍里不会有她，玩游戏的群伙里也没有她。

直到某一天，妈妈说，灵灵怕是有四十岁了。

我竟然吓了一跳，我以为灵灵一直就是五岁的样子，我脑子里能想起的仍是灵灵五岁时的样子，头很大，腿很软，扑在夏姨的怀里，细声细气地说，我害怕。哪怕后来，我们上小学上初中上高中，及至考上大学离开煤矿，灵灵留在我脑子里的一直就是五岁的模样，她一直都像个不怎么长的娃娃一样，瘦瘦小小的，每次出门都是被夏姨抱着。她的身体她的年龄都仿佛活在了时间之外，似乎这个世界上的任何一种东西都在长大变老，只有灵灵，还有我们四周光秃秃的矿山是恒久不变的。

灵灵的存在，让妈妈列出了一条明晰的逻辑链条：如果不是为了房子，这世上哪会有灵灵；如果没有灵灵，你夏姨哪会过得这么苦？灵灵成了妈妈和邻居们同情夏姨和替夏姨惋惜的主要因由。进而，妈妈又在推想，要不是因为煤，这样一个穷乡僻壤怎么会冒出这么一群人；因为有了这样一群人，才有了这房子；而因为这房子，才有了灵灵。这是妈妈他们大人闲嗑时的车轱辘话，也是我们所有人与我们矿存在的公理。至少是我们彼时的生活公理。

二十世纪七十年代末，能住上楼房是多么奢侈的事情。我们家搬进楼房的时候，隔着马路，对面一排挨着一排又在起楼房。五口人以上这个分房的硬指标没有变。如果家里有七口人以上，还可以因为人口多分到把边的房子，把边的房子可以盖大院子，大院子里还可以多盖一间小房子。

好多人为了能分到楼房，能想的办法可想的办法都用上了。有把外地老父母户口迁来占指标的，也有专门把外地的亲戚户口转到自己户头上的，也有像夏姨这样的，原本不打算再要孩子但终还是又多生了一个的。

快分房的时候，夏姨生了灵灵，就有了三个孩子，凑够了五口人。这样，他们就能如愿搬进新楼房。

一个生命来到这个世界，以什么样的方式和机缘，常常并不由自己决定，有时候也不由孕育生命的生命决定。就如煤一样，煤在成为煤之前，漫长的时光里它并不知道自己要由高大的树木生成黑硬的石头。这些被称作鳞木的高壮大树，不知道有一天突然会受到挤压，在悠长的黑暗中，它不知道自己是生还是死，更不知道自己绿色的躯体再生出的会是固体还是液体？它当然也不知道它的未来将被一种称作人的物种所命名，所开发，所利用，不知道自己会以这样的方式重见天日。

不知道。生命的孕育和到来，总是充满了冥冥中的安排，谁也不可预见的命定。

谁能说这不是命中注定呢。大人在矛盾和犹豫，或者爱和相互吸引中，或者无关情感的不得已中相遇结合。令人唏嘘的是，作为后代的我们似乎就只能因这样的生，而注定了无法更改绝无仅有的命。就比如灵灵。

从一开始，灵灵活得就像一个意外，像一次漫不经心却又对生活充满了报复的意外。

没有人知道灵灵的小身体怎么这么奇怪，光长头不长腿，永远都长不大，永远也不会走路。灵灵的病成了忌讳，成了大人之间交往，甚至小孩子在一起玩耍都要遵守的禁忌。我们小孩子一问灵灵得的啥病？大人们就支支吾吾，转移话题，说当着夏姨的面千万不要提灵灵的病。每次这样提醒完，妈妈都要叹口气，还不是房子整的，要不是为了这个房子，小夏也不会再生。

直到许多年后，我们家离开了煤矿，夏姨家也搬走后，我才知道灵灵得的病是先天性脊柱裂。还是我当医生的妹妹说的。

多年以来，灵灵只是作为夏姨不幸生活的一个悲剧注脚，成了大人之间维系关系的善意避讳，却从未有哪个人从灵灵的角度，看向这房子这街道这世界。

我也一样，不然的话，当听说灵灵已然四十岁时，我怎么会那么吃惊。

灵灵的存在，似乎既印证着时间，又在无形拉伸和压缩着时间。只要一想起她，不知道为什么我就想起了房子；只要一想起房子，我又不得不记起她。

二

我家楼房南侧，隔着一条窄道，是三纵排走廊房。那是我家搬进楼房前住的房子。

在贫穷粗放的年代，艰苦的条件和有限的建筑材料，让人的智慧发挥到了极致。这种智慧虽原始粗疏，但却富有生机。这个世界上因此多了各种各样完全不同的房子，尽管它们的功能几乎还停留在遮风避雨的最低层次，但这样的房子独具地域性，质朴而结实。

不知道是谁发明的走廊房，不得不承认，在当时的环境和条件下，的确是一种智慧。它遮风挡雨，非常耐实。最重要的是不怕洪水。洪水来临，两头廊门一关，水即使是进来，也构不成致命危险。

走廊房是长方形的，有着人字屋顶的连排房，坐南朝北，东西狭长，依着山势，西头一小部分半埋在山脚，余下的部分探出地面；西头地势高，三四级台阶连着地平探入走廊，东头地势低，出来即是平地。如果不是人字坡顶，它几乎就像一节刚刚驶出山洞的火车车厢。有人因此把走廊房比作小地窖的组合放大版。

它的确像是改良放大的地窖子。一半入地，一半露头，原本就是地窖子的特点。与地窖子最大的不同是，走廊房是多个房子的连排组合。走廊房是石头房，建筑材料是贺兰山上的石头，既保留了地窖子冬暖夏凉防风防沙的特色，又远比地窖子结实。

最早出现在矿区的房子是地窖子，这种半埋地下的土房子，是二十世纪五六十年代西北戈壁滩上最常见的。第一批矿区开拓者住的是地窖子，后来矿上四处散落的民房，也多是这种改良后的地窖子。它有着节约材料因陋就简的特点。

走廊房更像是贺兰山的房子，它是用贺兰山的石头盖的，就地取材，是与山地极相宜的民宅。走廊房房顶是人字形的斜坡瓦房顶。从外面看，简直就像是个仓库。

三排纵向相接的走廊房，从西到东，依着地势，一排比一排低上半米，上一排的走廊房房头和下一排走廊房的房尾中间间隔十来米。

走廊的两侧，是面对面的入户门，两侧各十二户，一排走廊房可以住二十四户，中间是一条长长的走廊。走廊房的叫法就是这么来的。

我家住在西头第一排走廊房倒数第三家。不管是正数第三家还是倒数第三家，都是走廊房光明与黑暗的衔接处。走廊两头的光线透过廊门，最多光顾到第三家的门口，不管是从西头还是东头，过了第三家，光线便暗了下来，越往里走越黑，黑得几乎什么也看不清，只看得到两头廊门的光。

一到夏天，家家户户的炉子都搬到了走廊，在自家的房门边。如果赶上饭点，走廊一改黑暗，每家门前都是亮的。很多年里，矿上用电用水都不用自掏腰包，各家各户的灯泡，一个赛一个的瓦亮，有些人家走廊里安的是一百瓦的大灯泡。

走廊里灯火通明，各家饭菜的味儿混杂在一起，一时半会儿散不出去。要是谁家炝个辣子，这一走廊的人都得跟着打喷嚏。除了饭菜的香味儿，走廊里常年散发着复杂的混合味道，有臭咸菜缸味儿，鸡粪味儿，剩饭的馊味儿，还有隐约的陈年臭被窝味儿。家家门口都堆着乱七八糟既不怕丢也暂时用不上的杂物，比如一两只掉了腿的小板凳，一卷备用的铁丝网，一床破网套，一两个断了锅耳少了支爪漏了底的破锅，还有烂鞋破袜子，脏旧得洗不出来的黑乎乎的工作服。当然，家家门口更少不了或高或低的煤堆，还有大大小小的咸菜缸。家家户户门口都堆着这些杂物，只隔出进出的屋门。走廊便一下下地窄下去，成了曲里拐弯的小径。穿过走廊，还真有一种探险的感觉，黑咕隆咚的，一不小心就会被绊一下、碰一下。别说是晚上，就是白天，如果不开灯的话，要穿过走廊也得倍加小心，一不留神就会被凳子腿绊一下，被不知道哪儿的铁丝刮一下，疼不说，还会吓人一跳。

我们小孩子顶喜欢这个乱糟糟的走廊。这是玩捉迷藏的最好地方，往煤堆或者杂物旁一躲，很难被发现。

走廊房里住的都是年轻的矿工夫妇或者人口比较少的矿工家庭。每排走廊房中间最黑的那两间都是井下工人的单身宿舍，住着至少八九个单身矿工。各家居室格局都一样，都是一外一里两间屋子，外间是吃饭起居用的，里间支着通铺，一家人都睡在上面，床上方有一扇很小的扁窗，洋铁皮的烟囱从窗玻璃上掏个圆洞伸出去，好散烟。北面的走廊房透过这小小的窗子对着拦洪坝，后来，看到的是在打地基在一点点长高的简易楼；朝南面的房子，窗子对着的是山脚。冬天炉子生在外屋，里外屋的隔墙也是火墙，做饭取暖两不误。

外屋支了个木板床，爸爸睡。我们娘儿四个住在里屋的大炕上。冬天，屋子里的土炉燃得旺旺的，中空的火墙里，能听得到热风抽动的呼呼声，外面越冷风越大，墙里抽动的声音越响。火墙传递的热量，热了整面炕。这炕，和农村烧的火炕又不一样，没有炕洞，也不用专门烧。烧得极热的火墙带热了整面炕。火炉火墙，自然就成了家家户户冬天室内生活的中心。冬天，走廊里很暖和，因为家家都烧煤炉，有火墙，再加上这封闭的房子，本也有保温的作用，极小的窗户又很少漏风。

整个走廊房家家户户都在火墙下面装了老鼠夹子。春天一到，老鼠的数量成倍增长。据说，这些老鼠都是从职工食堂的灶房里蹿出来的，个个油黑发亮，一到冬天就躲到家家户户的火墙根儿，那里面又暖和又安全。夜深时可以清晰地听到老鼠在火墙根磨牙打架来回游走。

三排走廊房，总共住着七十二户人家，每家少则四五口，七八口人的大家庭也是有的。三排房子里竟住了三四百口人。在简易楼盖好前，这大约也是我们矿最为密集最热气腾腾的生活区。孩子们各家各户乱窜，大人们则三五成群地聚在某一家，男人们喝酒打牌，女人们打毛衣说闲话。

日子仿佛一直可以这么过下去。

三

我们仨，坐在走廊房前的一小片空地上，姐姐手里托着白瓷大茶缸子，那里是满满一缸子红糖水。这是爸爸给我们冲的救命水。

这天上午，我们三个被爸爸从满是煤烟的屋子里救了出来。大姐直喊头痛，我和妹妹则觉得头晕得厉害，话都说不出来了。妈妈一早上班去了，爸爸下了早班回来已快十二点了，再晚回来半小时……爸爸一整天时不时提及这个可怕的假设。

我们坐在小板凳上，山风一吹，头渐渐不痛也不晕了，很快什么事儿都没有了。

轮到我时，我捧着红糖水，咕嘟嘟一大口。我第一次觉得红糖水这么好喝，有着一种从未尝过的甘甜。我一边喝一边看向刚刚搭了半人高的红砖墙。那是即将盖成的红砖简易楼。一夜之间，脚手架支了起来。

我们三个坐在走廊房房头。每个从走廊门口走过的叔叔阿姨都要弯下身子，摸摸我们三个人的小脸——看这三个娃娃多心疼，真要是一下子都让煤烟打死了，那不要了你爸你妈的小命了。早春中午的暖阳晒着，凛冽的山风吹着，红糖水的甜味，成了险些被煤烟打死的我们最直接最真实的安慰。

矿上每年都有那么一两家人被煤烟打死。特别是在初春时节，山风乱刮，烟囱倒烟。一氧化碳中毒，在那个时代并不算罕见。

翻过年去，我又喝上了这样一大缸子红糖水，那是爸爸专门为我一个人冲的。

我从刚刚建好还没有封顶的红砖楼的二楼掉了下来，当场摔晕了。等醒来，我在我家走廊房的炕上躺着，头顶包着纱布。

我在脚手架上，从楼的西侧向楼的南侧跳时，一脚踏空，手扶着拐角顶的那块砖恰好松动脱落，我随着这块脱落的砖一起从二楼脚手架上摔了下来。

楼房建起前，工地成了我们这些孩子玩耍的好地方，有人在里面玩打仗，有人捉迷藏，还有就像我们这样爬到脚手架的最高一层，贴着新建起的楼墙走一遭，看谁胆子大走得快。我就是在这个游戏中顺着墙拐角拐弯时掉了下来。

我摸摸头顶，右侧有一个突起的大包。爸爸说，吓坏了吧。我点点头。我并不是被摔晕的，而是被吓晕过去的。

妈妈说，该！一句话说不到就给我捅个大娄子。说过多少次了，不让你们去工地玩，多危险，就是不听。这下我看你还敢不敢再去？这是摔在平地上了，要是头磕到砖头块上石头上呢，会死的。妈妈连训带骂，异常生气。

慈母严父的角色，一直以来，在我们家都是颠倒的，从来都是爸爸心软，妈妈严厉。

妈妈又说，你二姑家的娟子是怎么死的？就一会儿工夫瞅不见，爬到铁丝网上，活活给摔死了。你二姑没哭死。

妈妈连着说了几个死字，每个死字都咬牙切齿，恶声恶气。

我真希望自己还没醒过来。

娟子是二姑的二丫头，比我小三个月。娟子五岁那年，二姑去矿服务公司上班，不放心把娟子一个人留在家里，带到了上班的地方，谁知道就出事儿了。服务公司多是女工，专为矿选煤楼打铁丝网，打出来的铁丝网，按照铁丝的粗细编织出型号不同孔洞大小不一的铁丝网，以备选煤楼选筛不同规格的煤块。打好的铁丝网堆成垛，正准备装车。五岁的娟子以为这是一座好玩的小山，爬了上去，谁知刚爬到一半，铁丝网的小山垛松动了，整个垮塌了下来，顶头的铁丝网砸在摔下来的娟子身上。

我第一次知道我还有这样一个没有来得及长大就被埋在矿山上的表妹。我对这个叫娟子的表妹没有一点儿印象，是因为在我不到两岁时我们家就离开了汝箕沟。妈妈在我晕过去刚醒过来时，提到这个我从前并不知道的表妹，的确很有威慑力。

我再也不敢爬高下低，除了切身的疼痛和恐惧，不得不说，是妈妈不失时机对我进行的这场深刻的死亡教育起了作用。

在矿区，似乎就是这样，别人意外的死亡，常常成为活下来的人们努力活着的经验教训。似乎，无处不在的死亡威胁，才是活着的最残酷也最有力的养料。

四

门对门，一辈子熊。

虽然明显要比小地窑好多了，妈妈却一直对走廊房并无好感。因为煤烟事故，妈妈更是急欲搬到二层小楼上。

楼房可是当时矿上最好的房子啊！虽说还远未达到电灯电

话的理想，但是楼上楼下，还有自来水，这已经是迈向现代化的第一步了。

妈妈掩不住的欢喜，因为不仅房子大了，还意味着有了院子。妈妈一直以来住楼房的心思终于落了地。

搬进简易楼，第一件事就是盖院子。院子只是分好了地盘画好了分界线，要各家各户自己准备材料盖。

我家是西头起第二栋楼第二户，排头第一家是任大爷家，他家有六个孩子，所以分到把头的房子。住在排头，院子可以往边上扩展，比其他住户的院子大出了二分之一还要多。

任大爷跟爸爸曾在采掘队一起挖过煤，一看跟我家做了邻居，慷慨地让出了半米院界。没承想，任大爷家让出的这半米，竟成了我家跟第三户老岳家口角的原因。老岳提议说，这半米得给他家匀出二分之一。当我爸说要跟我妈商量时，老岳很不屑，你一个大男人还当不了个婆姨的家？果然，妈妈不同意，老任家让给咱家的，跟他老岳家有啥关系，凭什么他要分一半。在妈妈的坚持下，半厘米都没让。爸爸因此多了一个外号，叫"妻管严"。

刚搬到一起，邻里之间是非先传了出来。老岳的不满，以另一种形式表现了出来，他人前人后一再地用鄙夷的口气提及我们家只有三个女孩，是没有儿子的绝户。这样的论调很快传到妈妈的耳朵里。妈妈一听就气炸了。虽然，妈妈听到的只是传言，老岳一家并不敢当着妈妈的面这样说。

妈妈能不气么？老岳的闲言无疑戳到了妈妈的痛处。本来论起盖院子，一下子就显出了我们家的劣势；本来这势头就让隔壁老岳家一下子把我们家比了下去。老岳家四个儿子，不用请人，老少爷们五个人就是个建筑小分队。更何况没有儿子对妈妈来说，一直就是一种永远无法弥补的遗憾。

当年，不管是在农村，还是厂矿、城市，家里没有男孩，似乎是有失体面的。从农业时代到工业时代初期，因为体力体能种种生理上的差异，女人一直处于一种从属的地位。即使是今天，重男轻女的思想在许多地方许多行业仍然存在。男女平权从来都不可能一下子实现，更何况在当年的矿区，在这个以重体力劳动为主的生产单位，矿区本身的特性，男女性别上的差异，在工业刚刚起步之时，这简直是无法抹平的先天不公。

我不止一次听妈妈说，如果还在汝箕沟，不管最终能不能生出儿子来，也绝对不只我们三姐妹。作为宁夏最早的矿区，那里相对更要保守。没有男孩就意味着断后，在矿区，这并不是老岳一个人的想法。当时矿上的许多家庭一般四五个孩子，许多家里，就为了能有个儿子，会无休止地生七八个，直到生下一个儿子为止。

老岳逮着机会就对我爸进行策反——这样的婆姨还不打么，骑在男人头上，还当了男人的家了？！

做了邻居不久，我们这排房子的人都发现，老岳打老婆打儿子，堪称凶悍。老岳下班回到家，说要吃米，老岳老婆不敢做面；夏天要吃凉皮，他老婆不敢做凉面。他的口头语就是，打到的媳妇揉到的面。

和老岳家截然相反，我们家大事小情都是妈妈做主，从院墙的地基，到家里吃什么饭买什么菜，每个月花销的安排，等等。在老岳眼里，这就是要反了天了。每一次爸爸的服输和服软，都成了隔壁老岳看在眼里听在耳中的笑话。这笑话经他一散布，爸爸"妻管严"的外号就越发做实了。

五

有了院子，家家户户在院子里砌了鸡窝。

家家都养鸡，可唯独老岳家的鸡养得不一样。他家养的鸡最多，母鸡十几只，还有一只芦花大公鸡。他家的鸡平时放养在院子门口，晚上才赶回鸡窝圈起来。听上去，这群鸡似乎给了这排房子从未有过的田园景象。然而，他家的鸡对于我们这排房子的小孩来说，简直就是噩梦。

那只大公鸡，比忠诚的狗还要厉害，不管什么人从老岳家门前过，那只公鸡都会冲过来，飞跳起来叨你一口。这公鸡叨人颇有技巧，用尖硬的嘴叨起一小块皮肉，嘴扭个一百八十度。那叫一个痛。大人还好，最多让它啄到前胸或者后背，隔着衣物不怎么疼，但也会被它昂扬的斗势吓一跳。如果是孩子，这只鸡会格外威武地飞跳到小孩头顶，啄上一口，让你顾不上疼，吓都要吓死了。最惨的就是我们姐仨，因为门挨着门，随时提心吊胆，出门成了冲破敌人封锁线一样的难事，先要透过门缝侦察一番。有时候恰巧它在透过门缝看不到的地方，姐姐怀着侥幸心理，刚迈出一条腿，马上弹回院门内，赶紧关上门。人已经吓个半死。那只鸡就蹲在老岳家的门口，一听我家院门响，摆好了进攻的姿势，斗志昂扬怒目圆睁地冲到我家门口，像一个泼妇掐着腰随时准备扑过来撒泼耍浑。

爸爸在家还好，会拿着捅炉子的长铁钩子冲出去，像电影里的佐罗一样，先在阵势上挡住那只凶恶的鸡，或者直接去找老岳家理论，以此掩护我们出门。可是，爸爸总不在家。

每天早上，老岳家的那只大公鸡不到天亮就"喔喔"叫，成了方圆几里最嘹亮的号角，其鸣叫声穿透力比矿上的大喇叭还强。一听到这只公鸡打鸣，妈妈就说，这挨千刀的。

妈妈因为这只凶恶的公鸡多次找过老岳。可每次老岳都振振有词：院子外面是公家地，谁也管不着。老岳说这话时，侧脸对着妈妈，并不正视妈妈。只要是跟女人说话，老岳就是这个姿势。似乎在表明他一贯的态度，作为一个男人，他是很不屑跟任何女人打交道的。

这只鸡除了对我们小孩子逞凶，也给这排邻居们提供了充满悬念的观赏性，给大家增添了十足的恶趣味。有时候，看着远处过来的孩子快到我们这排楼前突然仓皇折回，就能猜到，那只鸡一定躲在墙根下的阴凉里，怒目而视。那孩子的表情和动作让人感觉到那只公鸡强大的气场。紧接着就看到大公鸡令人心惊地跃起，飞扑过去。再然后，是一片充满了愤怒的谩骂和号哭。

妈妈一提起这个邻居，总是齿间直吸冷气。

一到冬天，矿上家家院头晾晒大白菜。白菜是最便宜的冬储菜，两分钱一斤。我们家晒在院墙上的白菜，隔上几天就少那么几颗。我站在二楼的窗户上，看得清清楚楚。他家老三老四，一个负责从墙头上拿，一个负责往他家小伙房里运。当我敲敲窗户，他们发现了楼上窗前的我才会停住手。

夜里，楼后的煤堆会突然发出声响。这声响在夜里很是突兀。妈妈耳朵尖，立马翻身起床，推开窗户就骂：乌龟王八蛋，兔子还不吃窝边草呢。这骂声响彻楼后的这条马路。

你看看去。妈妈骂完还要指使爸爸出去，看看到底煤少了多少。爸爸说，行了，不就是几块煤吗，他能偷多少去，都是街里街坊的。

使不动爸爸，妈妈总是会说，要是有个儿子，我还指你？说完，她自己冲下去，站在院子里再骂两句，才算了事。

每每这个时候，妈妈除了生邻居的气，便会由此哀叹没有儿子。打院墙之争开始，妈妈打心眼里看不上老岳。可他们家四个生龙活虎粗声大嗓门的壮小伙儿，满院子膨胀着旺盛阳刚之气，就连他们家的鸡都活得霸气十足，让妈妈生气之外还生出一种无言的羡慕。

如爸爸所言，少了一点儿煤一点儿菜，并没有影响我们家的日子。然而，妈妈却因此成了我们这排房子人人都知道的厉害女人。

六

还未到最冷的天气，白天太阳一出来，把白菜搬出来，码在院墙上、院子里、窗台上，凡是能晒上太阳的地方，让白菜去去水分，这样，储存的时间就能更长一点。太阳一下山，怕白菜冻了，把白菜搬进小伙房，一个个码放好。这些白菜被搬进搬出摆来摆去的，就为了保证一个冬天有的吃。

买白菜，晾白菜，每天的搬进搬出，冬天比夏天又多了一样活计。多了一样活计，也就多了一样生口角的由头，增加了爸爸妈妈争吵冲突的内容。白菜是不是按时拿出去晒了，是不是及时收回小伙房了，收得早了收得晚了，都是可以大吵特吵的。

爸爸当然吵不过妈妈。要吵架的时候，爸爸总是先急着去关门关窗户，生怕邻居听到了，怪臊毛的。吵到不可开交时，爸爸气急了，抄起擀面杖，这时候妈妈竟抢起菜刀。还未动手，气势上妈妈就已胜过一筹。每次都是爸爸让步，每次爸爸得动手收拾烂摊子，每次到最后爸爸不得不服从妈妈。

爸妈总在吵。他们的争吵，总是令人怀疑婚姻中的两个人是怎么走到一起，又是怎么一直维系到现在，甚至后来的。

吵过架之后，妈妈夹着毛裤腿串门去了。从来，似乎吵与不吵的开关阀门都在妈妈这里，妈妈总是牢牢掌握着决定权和主动权。

留下爸爸一个人，摇头叹气，无可奈何。

爸爸目光向下，像是在看唇前的竹笛。吹着吹着，爸爸目光便移走了，直盯着墙，盯着墙上的某个地方，身体的重心落在右脚上，左脚随着节奏一下一下点击着水泥地板。吹着吹着，爸爸的整个身体都跟着动起来，一摇一晃，肩膀微抖着，头也跟着节奏一摇一摆的。

屋子淌满了乐声。乐声里，有鸟鸣，有流水，有低吟，有轻叹。有时候好像一个人在哭诉，一会儿又好像一群小孩欢蹦乱跳在玩耍。

爸爸一支曲子接一支曲子地吹奏着，完全忘了时间。爸爸好像什么都忘了，忘了自己，忘了周围的一切。

不见一人的大片草原，一大丛开满鲜花的树，还有一望无际的大海，在天空中飞来飞去的鸟，奔跑的小鹿飞奔的马，我穿着斗篷坐在飞毯上，冲向大山外。一时间，我脑子里全是电影里画书里见过的，全是在矿山上从未有过的东西。一些在我梦里出现过的东西，在乐声中形成了奇特的组合。

那曲子不再是从那只小小的笛子里流出来的，而成了从爸爸身体里流淌出来的。爸爸把自己吹进了曲子里。他似乎完全忘了刚才还在吵架，更忘了为什么要吵架。

笛子真是个好东西。

爸爸在家里吹笛子，总是在外屋，面对着楼梯下面的那面墙。

过一会儿，也许是站得久了累了，爸爸换个姿势，右脚又打起了拍子。换了方向，爸爸站在了脸盆架一侧，面对着镜子旁边的空墙，开始吹奏电影里的插曲。

我最爱听爸爸吹电影里的插曲，《卖花姑娘》里的插曲《卖花姑娘》，《桥》里的《啊朋友再见》，或者《甜蜜的事业》里的《我们的生活充满阳光》，《小花》里的《妹妹找哥泪花流》，《泪痕》里的《心中的玫瑰》。多好听啊！电影里的多彩生活优美画面又出现了。看电影时有的美好感觉又回来了。

有些曲子，我最开始并不知道名字，是后来才知晓的，比如《扬鞭催马送粮忙》《牧民新歌》《洗衣歌》。这些曲子，都是爸爸登台表演时的曲目。

爸爸有时也会专门对着镜子反复吹一些单调却复杂的音，有时候，他吹一下，会告诉我这是半音或者滑音、颤音，那么多说得出名堂的奇奇怪怪长长短短的音。

有那么一两次，我很好奇，也想吹笛子。爸爸把笛子给我，告诉我吹笛子靠肺活量，要气运丹田，气息从腹部提到胸腔，通过嘴和鼻息的配合，把气流运送到笛孔发出声，手指的按揉压放，让气流形成不同的音调，形成曲子。我按照爸爸的指点，嘴唇对准笛子右边第二个笛孔，大拇指托着笛身，其他几个手指分别尽可能搭着其他几个笛孔（小拇指怎么也够不着），使了老大的劲儿，却怎么也吹不响，一点声音也没有。

七

有很多个下午或者晚上，爸爸在家一直吹，好像是举办笛子独奏音乐会。

我的记忆里，家中的音乐都是来自于爸爸的笛子。

家里有收音机么？印象中有过，一台东方红牌收音机，一个深棕色的木壳收音机，却从来都没有响过。我们姐仨从来没有在家听过广播。至少在我有记忆以来，这个东西从来没有发过声。偶尔插上电，能看到收音机亮起的光，但是除了嗞嗞啦啦的杂音，便什么也没有了。从我知道家里有这台收音机以来，它就是坏的，被搁置在屋角，只是一个摆设。我的同龄人，家里有收音机的，几乎每天放学必听空中书场，我小时候是从来没有听过的，偶尔灌过几耳朵，不是在邻居石老师家，就是矿山的大喇叭里。

家里有录音机么？有过一个砖头块，那是二十世纪八十年代初上学开始学英语了，妈妈专门花了一百块钱买回来的。这东西自打买回来就被规定只能用来学英语。听音乐？一盘磁带七块钱，在妈妈看来，磁带要比录音机还吃钱。买录音机的出发点，可不是为了烧钱听音乐的。

收音机坏了，录音机不让随便听。家里的音乐主要来自爸爸。只要爸爸在家，家里总是充满了音乐，即使做饭时不能吹笛子，爸爸也会一边唱歌一边干活，唱的都是当年流行的歌曲和电影里的插曲。

只是，妈妈总说早就听得够够的了，怀你们三个，生你们三个，你爸出不去，天天在家吹笛子，吹得钻脑子，吵得人心烦。作为听众的妈妈只觉得吵。

八

院里的小伙房从来没有当过伙房，权作储藏间了，冬天储放白菜、不多的水果，还有腌的咸菜，一些平常用不上的杂物。房顶上是三根红松木房梁，一根梁染了白蚁，一直在掉细细的粉末，时有隐约的蚁虫啃咬木头的轻微窸窣声。

妹妹做完作业，就在这小伙房里反反复复练琴。在她头顶上方的房梁上，挂着一条吃得越来越残剩的羊腿。

矿学校组建了一支校园乐队，妹妹成了其中一员。这支小乐队里有七八个学生，有像妹妹这样的小学生，还有几个初中生。矿育新小学的音乐老师张洪涛老师负责乐队，张罗着要小乐队的成员们各学一样乐器。起初，张老师借来矿工会的乐器让大家学。一周集中教一次，每天要练四十分钟到一小时。

妹妹说，每次练琴都得屏着气，刻意不闻那股羊膻味儿。

那只吊在房顶的羊腿，至少要挂半个月，直到吃完。吃到最后，总是有了越来越浓重的不新鲜的味道。羊肉的不新鲜从肥肉部分开始，即使炖得烂熟，放了许多调味料还是掩不住。

那时候，能买到一只羊腿是件不容易的事情，没有冰箱，冬天还好说，天一热，也只能从新鲜吃到不新鲜。

妹妹练了近两年。当妹妹练到揉弦的左手四根指头起了水疱结了痂，变成了顶在指尖的厚厚的茧子时，二胡变成了小提琴。张老师组建起的校乐队由最初的民乐队改成了西洋乐队。

为了这把小提琴，妹妹跟妈妈纠缠了好长时间。因为小提琴要自己买，矿工会只有几把民乐器。一想到要投入得花钱，妈妈一百个不乐意。爸爸当然是支持的，只是一旦涉及花钱，爸爸从来就没有什么话语权。

张老师再次上门做妈妈的工作。妈妈被妹妹缠得受不了，终于买回了一把小提琴。

这把小提琴的价格我至今记得，八十元钱。八十元钱，正好是妈妈两个月的工资。之所以如此清晰地记得小提琴的价格，大约也是因为妈妈一直反复唠叨这把小提琴的价格不菲。妈妈总说，小提琴要八十呢，够吃一年的羊腿了。那时候，每月一只羊腿是家里伙食改善的标准，这个标准似乎也成了妈妈衡量价格、说明花销大小的参照。

其时，妈妈已经对我们的未来有了明确的规划：姐姐最好是幼儿园老师，可以发挥她爱唱会跳的优长；我呢，当一个中学老师，一板一眼稳稳当当；妹妹学习一直不错，数学尤其好，我们三姐妹里，她是最聪明的，又细心认真，当个大夫最好。教师医生这样的职业，在妈妈眼里，是又体面又旱涝保收的，最适合女孩子。所以从一开始，妹妹学琴，在妈妈看来不过是一种可有可无的点缀而已。

练到可以拉些简单的曲子，认识了五线谱，妹妹进入了初一。妹妹的成绩忽高忽低，妈妈便要让妹妹做了断，认为都是拉琴耽误的。妈妈又开始老生常谈——当个爱好就行了，还当回事儿地拉呢，要紧的还是学习，将来当个医生才是正事。

那把小提琴就这样被搁在大衣柜上，落满了灰。

妹妹是从哪天开始不拉琴了，我不记得了，似乎突然就不再拉了，自然也就退出了校乐团。一直到妹妹考上大学，再到工作到结婚，她再没有拉过琴。

终于，妹妹如了妈妈的愿，当了医生。

从上班第一天起，妹妹就发现自己一点儿也不喜欢当医生。当初的艺术兴趣，和早年受到的那点培养，让妹妹的生活有了点文艺的气质和底色。而这点底色，反衬出她生活中无法弥补的遗憾。

每次听妹妹提及辞职的想法，我一再回想起那个在杂乱的储藏间里拉琴的她。

咿咿呀呀稚嫩单调的提琴曲中，晃动着走了油的小半只羊腿。下午的阳光一点点隐没，扎着马尾辫的妹妹咬着嘴唇的侧影，随着光线，一点点暗淡下去，成了渐渐模糊的剪影。

不知道为什么，我脑子里总是挥不去这杂乱而模糊的场景。

九

简易楼比别的房子多了楼梯。因为有了楼梯，这屋子又多出了两样东西。一是楼梯间，楼梯下面隔出的隐蔽空间；再一个是楼道最上方的壁柜，柜门就开在楼上朝阳的小房间里。这是一面很深的柜子，柜子的深度有一米，恰是楼梯的宽度。这几乎是家里最大的一面柜子。柜子有一米四五的高度，分上下两层，中间隔着一层水泥板，上下各有两个对开的柜门，刷了枣红色的油漆。

家里的其他柜子都没有锁，唯独这柜子上了一把特大号铁锁。柜子正中间有一个直径二十公分的锁盘，锁盘中间一指宽的缝，透过这条缝，锁盘套在锁扣上，再用铁锁一锁，尽管只有一角被挡着，但是四个柜门的门角都被这个圆形的铁锁盘严实实地挡住，怎么拉都拉不开。

因为永远是锁着的，这柜子便油然生出与众不同的重要性和诱惑力。里面都是些什么好东西？真是令人产生无限的联想和好奇。我只是大概知道，下面一层放着重要的衣物，比如妈妈的驼毛棉衣裤，纯毛毛毯；上面一层则放着好吃的，一些亲戚朋友还有邻居从上海、北京捎来的不常见的好吃的——平时不可能吃到的酥糖、牛奶糖，或者龙须酥、鸡蛋糕等点心。

开柜子的那一瞬间，妈妈总是手伸进黑洞洞的柜子里，迅速而准确地摸到糖和点心，而后就把门关上，挂上沉得要死的铁锁盘，挂上那把家里最大的铁锁。更多时候，我们根本不知道妈妈什么时候从那里摸出了几颗糖。妈妈总有各种各样的办法把我们支开，等我们看到糖和好吃的，才知道我们已然错过了柜门打开的机会。因为好吃的又少又金贵，越发显得妈妈的举动神秘而迅速，还是因为妈妈不轻易打开这个柜子，而显得那里面的东西特稀罕？反正，只要是被妈妈锁进这个柜子的，就意味着是家里最重要最好的东西。

这成了难以抵抗的诱饵，令人时时想探探柜子里面的机密。

姐姐曾偷偷地开过一次柜子，但是柜子里面什么样，却没太看清，偷抓了一把糖之后，赶紧关上了柜门，还要小心翼翼的，不让锁头碰到铁锁盘发出声响。半个上午姐姐一个人偷偷吃掉了所有的糖，她怕我们分食她的糖或者告密。

柜门钥匙妈妈从来都不离身，永远不是在裤兜里就是在手边。我和妹妹是没有姐姐那个胆量的。我甚至从来都没有想过从妈妈那里偷拿钥匙，这简直是不可能的事情。

这深深的柜子，成了幽暗而充满想象的神秘之地。

十

柜子里保存过两袋富强粉，在当时这是最好的面粉，又称雪花粉，只有过年过节的时候，才可以买到。这样好的雪花粉，妈妈怎么舍得随便吃。在从小就吃不饱、从小就吃粗粮长大的妈妈看来，这样好的白面得攒到过年的时候包饺子，物尽其用才不觉得糟蹋。

快过年的时候，终于可以放开吃这两袋高级雪花粉了。

爸爸先用这面做了一顿羊肉臊子面。面很白，入口也很筋道，可是，姐姐刚嚼了两口，差点没吐出来——难吃死了，一股怪味儿。

从夏天到冬天，这两袋面在神秘的壁柜里，在柜子的最深处，和糖、糕点，还有两条滩羊牌纯毛毛毯一起待了整整半年。

哪有面粉往衣柜子里放的？爸爸发了脾气。

妈妈申辩，没放衣柜里啊，我放在楼上壁柜里了。

不就两袋子雪花粉，你放壁柜里干啥？

要放在外面，还能留到这会儿过年吃么？你是啥好先吃啥。妈妈理直气壮。

啥时候吃不也是吃到你肚子里了，这下好了，好好的面粉变成臭卫生球了。

因为怕两条纯毛毛毯、驼毛棉衣裤被虫硌了，壁柜里放了两大包卫生球。妈妈这才想起来。

那也不能扔了去。妈妈难得地露出了自责，却又很快变成了教训的口吻——我小时候哪个月不得吃上这么两顿卫生球味儿的麻酱面，抢着吃，也没见哪个吃坏了。

我就是在这个时候第一次听妈妈讲她小时候糊盒子，吃糊盒子的面浆子——掺了卫生球和沙子的面浆子的故事。此后这个故事被妈妈讲了很多次。

一百斤富强粉，变得吃吃不得，扔更是舍不得。

一斤普粉一毛三，雪花粉两毛五，哪可能扔了。后来，妈妈用这面去压面房换面条。一斤面粉换一斤压面条，出一毛钱加工费。这些面呢，以这样鬼鬼祟祟的方式算是没有糟蹋。

吃不穷花不穷，算计不到就受穷，妈妈常说。大概真是从小穷日子过怕了，吃不饱吃不好的日子过怕了。妈妈最喜欢攒粮食。雪花粉攒出了卫生球味纯属意外，只是妈妈攒粮食生出的一个小枝节而已。

妈妈说，粮一少心就慌。妈妈那屋，面北的那个大卧室，我经常站在窗前往外望的屋子，屋拐角常年堆着米和面，至少四袋，各一百斤。只要少了一袋，妈妈很快会添上。妈妈一个人住在楼上朝北的这间大屋里。夜夜陪伴她的是屋角堆放的那四袋粮食。每次买回粮先要往楼上扛，等到楼下的粮吃完了，再往下搬。如此楼上楼下扛来搬去的，妈妈从来都不觉得费事。粮食不能像钞票一样时时攥在手心里，也要时时放在眼皮底下，似乎每夜看着粮食入睡，才觉得踏实。这是妈妈的习惯，我们从小便知道的习惯。

中学时，读张抗抗的《隐形伴侣》，书中有这样一个细节——女主人公特别喜欢攒被子，每年都要缝好几床新被子，家里的被子在屋角堆成了垛，根本用不了，还要缝。在北大荒当知青因为没有厚被子挨了冻之后，这便成了女主人公一生的情结，总是怕被子不够盖。这么多年过去了，书里其他的内容我全忘了，却仍然清晰地记得这个细节。是因为看到这个情节时，我一下子想到了妈妈。妈妈这样执着地存粮食，一定也是出于同样的心结，因为总是吃不到细米白面，总是担心粮食不够。

粮食在父母那一代人心中的重要性，别说今天的孩子无法理解，就连我们也不能完全体会。

十一

从东往西数，一共有六栋二层简易楼，每栋十二户。这样的楼房一顺溜地从东往西顺着矿街的坡道顺延下去，一栋楼比一栋低半米，看上去蜿蜿蜒蜒，让马路的这一面显得错落而整齐。楼房后面就是山，山坡上是些低矮的小地窖。

通向房子的路像是半成品，煤渣暂时掩盖了下面的浮土，一脚踏下去，浮土能飘起来半米。

我们上学放学很少走马路。路面没有硬化时简直没法走，只要过一辆车，那路上就腾起老高的灰土和煤尘。路面硬化后灰少了，但是下山的车看着让人害怕，特别是装满了煤的解放车，呼啸着，好像要吃人似地扑过来。

我们从楼前面的小巷道里走。说是巷道，实际不过是走的人多了踩出的一条山前小路。这条小路，路的西头通向半山坡上的旱厕，小路的东头顺着走廊房，穿过职工食堂。沿着拦洪坝我们一摇一摆地往学校走，走到办公大楼前，拦洪坝就消逝了，那里有十层台阶，下了台阶就到了街面。

矿中心的街面是一个三岔路，一条通向医院，一条通向学校，另一条通向火车站和选煤楼。

除了办公大楼，象征矿区中心的，一是商店，一是电影院。这两个地方构成了矿区的商业区和娱乐区。

商店的西侧，通向选煤楼的路口，两栋二层楼是单身宿舍楼，住的是矿区的青年工人。

顺着马路往西，是采煤一区和采煤二区；越过西侧转弯的一号桥再往西南，就到了南二，这又是一个采煤区；再往西南就到了南四，那里又是一片采煤区。矿上的全部，就是从这四个采煤区来的。

整个矿区就这么大，几乎三言两语就可以说完。从马路两头到矿中心用不了多少时间。

但整个矿区，似乎并不是这一点点。那些散落在沟壑和半山腰的房子，房子里住着的人们，还有采煤一二区南二南四地下深邃悠长的矿井巷道，是我所不知道的。

那些来了又走了的大人们，又来了又走了的大人们，也有许多是我所不知道的。

十二

矿上的人都管离开矿上叫下山。可不是么，不管是到哪里，只要是离开矿山，都是一路下行。

1998 年春天，爸爸退休了，终于可以下山了。这是爸爸一直盼望的事情。在这光秃的深山里挖了半辈子煤，只有早点退休才可能到城市里，过上他想过的生活——有一个更好的居住环境，有更多可以玩的地方，有更多自由自在的时间，这是矿上许多人最简单最直接的愿望。

准备搬下山的父母把我家的房子卖给了朱伯伯。

朱伯伯家在第一排简易楼倒数第一家，他有三个女儿两个儿子。不足五十平方米的楼房，住着大大小小七口人，大儿子准备结婚时，住房显得更紧张了。朱伯伯在井下当了二十多年采掘工，染上了三级尘肺病后调离了采煤一线。

朱伯伯比爸爸大八岁，比爸爸退休早几年。听妈妈说，朱伯伯退休那年，他家孙女在楼后面的马路玩耍时，被一辆装满煤的运输车轧伤，双腿残疾了；后来妈妈听说，在我们家搬走没几年后，朱伯伯查出了肺癌，几个月后就去世了。

2008 年，矿上的学校搬到了山下，生活区陆续迁移，矿上的家属大部分都搬到了山下大武口的南沙窝，矿上只留下了年轻职工，只留下了生产的必须。

终于下山了。不管心怀怎样的想法，大部分矿山人终还是离开了大山。

十三

矿山对我意味着什么？曾经的来处，途经的地方，抑或是纯粹的地理概念上的家乡？似乎都是，又似乎都不是。"他们尽管是本地人，却不是属于土地，而是属于风尘的"（张爱玲《异乡记》），这句话似乎说的就是矿山人。是的，我们是土生土长的矿山人，却并不真正属于这矿，这山。或者说，哪里有矿，哪里才是矿山人追随的地方。

矿山，于父辈和我们这一代，有如候鸟暂停的过路地带。

那偏僻荒凉之地，是造化的安排，那留下的青春，是生存的际遇，亦是生命一去不复返的无奈和前定。

半个世纪的矿区，是时代造就的开拓之地，是时遇造就的生存之域，也是一群人来了又走的漂泊之乡。工业之地，远非农业之所在，种植生养，代代相传，拓荒之时就是扎根的开始。矿区生产的起始，远非农业的血统和亲缘之起，原非有根之地。时代之更迭，流动和迁徙，一直是煤矿产业大军的命途。一代人的到来，也许就意味着下一代人的离开。

说到底，从父辈到我们，都是没有故乡的人。哪里有煤，哪里才有我们。如此说来，似乎煤才是我们最亲近的乡土。

半个世纪过去，矿区似乎又回归曾经，停在贺兰山深处，停在时代发展的某个路口，停在曾经在那里生活成长的人们的记忆里，停在人们曾经的某段情感上，成为时间的坐标，成了一段历史。

而无可复制的时遇和情感，终将像煤一样，埋入深山，沉积地下，化作永恒。

十四

那条毛裤，是妈妈吃罢晚饭，要出门的象征。吃完饭，碗一推，我们跟着妈妈朝邻居家走去，爸爸则走向相反的方向，到游艺室打球。

妈妈把一圈圈的毛线撑在打开的两个膝盖上，一边绕线，一边聊天，这是织毛衣必不可少的准备工作。或者两个人配合，一个人撑开手臂，线圈在腕部打开撑着，另一个人负责绕线球。如果碰到线圈已经捯乱的就比较麻烦，绕一圈要停下来，从错乱的线圈里钻来钻去，这样当作架子的那两只胳膊会因为支撑得时间过长而有些酸累。这种捯毛线的活儿，是我们小孩子最烦的，坐在那里不能乱动，并且手要长久地保持一个姿势。最主要的是这活一点儿意思都没有，若稍有些走神了，手上松懈下来，立马会挨妈妈的骂。妈妈每次买回线来，准备织之前，要把所有的毛线都捯好，这样，为了一条未来的毛裤或毛衣，也许要枯坐一个晚上，在妈妈的训斥下，不断重复双臂支架一样的动作，无聊极了。

妈妈织毛衣的速度是极慢的，半年了，枣红色毛裤的一条裤腿还没有织起来，蒋姨已经织第三条毛裤了，蒋姨的老乡丁姨已经织了五件毛衣，并且每件毛衣都是不同的花样儿，麻花、菠萝针、元宝针、箩纹针、条绒针、麦穗针，每件毛衣从衣身到袖子，都有着那种立体感很强的交缠在一起的麻花辫，或者菱形方块，方块里还有立体的，叫不出名字的花样，完全是工艺品。

实际上，妈妈织毛裤只是一个幌子，一个串门子的幌子。妈妈每天黄昏后坐在蒋姨家，一边织一边说话时，我总觉得，她说的话要比织的毛衣行数多得多。因为每天晚上，妈妈织的毛裤拿回来，与前一天晚上比，没有明显的变化，并没有让人觉得裤腿变长了。妈妈的毛活像是漫长的马拉松，毛裤长度缓慢增长，妈妈每晚却能带回好多消息，每一天都不一样。比如，矿上要涨工资，据说是普涨，平均是 12 块钱，工龄长的涨得多，妈妈私下里算了算，爸爸能涨 16 块钱，因为工龄长。当然，这样的大事并不多，更多的是谁家的闺女婚还没有结呢就有了娃娃，谁家的儿子跟别人打架动了刀子，正好赶上了严打判了无期。

等我们串完门回到家时，毛裤腿还是老样子，但妈妈已经倒出去一肚子话，又装回来一肚子话，有关男人的、女人的、孩子的、领导的、同事的、邻居的。尽管大部分都与妈妈没有多少关系，但这些小道消息让妈妈很愉快，一种参与和融入的愉快，一种旁观者的清醒和以他人为谈资的小小得意，还有一些好奇和窥视欲的满足，又有一些不可名状的，比上不足比下有余的隐隐自得。

那样漫长而枯燥单调的夜晚，那样热闹而又趣味横生的夜晚。

爸爸正在矿游艺室跟球友们打乒乓球打得火热，或者爸爸正在灯光球场上奔跑腾挪时，妈妈的闲话正说得起劲儿。在那个电视还算是奢侈品，没有家用电话，没有手机更没有微信的时代，唠唠闲话，说点是非，真是生活最不可或缺的点缀，真是闲暇时光的无穷乐趣。

妈妈就是在这个小小的场域里，得到了散落在矿山各个角落的各种小道消息，窥视到别人家中不为外人所见到的，却为大家伙儿津津乐道的日常。

相对矿上灰色暗淡生硬粗疏，劲风吹拂下砂粒般的糙粝环境，如此这般的黄昏傍晚，丝丝缕缕的流水生活，轻轻流荡在妈妈们的手指间，流淌于她们偶尔抬起，更多的是低下来的头颈间，流泻于她们有意无意的唇齿间，荡漾在那样一个小小的晚间的八卦场里。

好事不出门，坏事传千里，在无数个这样的小小角落，无论好事坏事都在以更快的速度，增加着不为外人所知的枝叶和细节，在黄昏在夜晚，生长出新的枝节，甚至孕育着新的变化，琐碎而鲜活，带给人种种欲望和希冀。这不为更多人知道的矿区生活的内里，在妈妈们的唇舌间搅动着，闪耀着，活泼明朗，生机勃勃。

石老师和爸爸总是玩到最后，直到游艺室关门了，打球的人都散了，才回来。每天他们好像都玩得很是尽兴，又好像这样打球怎么也打不够似的。

妈妈等爸爸一进家门，就开始把她听来的种种闲话一一说给爸爸听。爸爸总是听不了两句就烦了，真是闲吃萝卜淡操心。

妈妈争两句，爸爸再回一句，吵吵笑笑中到了入睡的时间。

家属区这片楼，灯光一个接一个地暗了。

带着种种的满足和不满，不管有没有梦，家家户户都进入了沉睡中。

整个矿区进入梦中。

十五

我把火炉边烤得焦黄的馍片翻了个儿，看着弯腰正忙着擦皮鞋的爸爸。爸爸右脚搭在第三阶楼梯上，两只手抻着一个看不出颜色的旧布条来回蹭着右脚上的皮鞋面。

戴着灰格鸭舌帽，穿着卡其色工装夹克的爸爸扭过头来，冲我笑了笑。

我小声问妈妈，爸爸知不知道他的病？妈妈把食指搭在唇上小声说，嘘，不知道，这不，正准备玩去呢。

爸爸换了左脚，依然在蹭鞋面上的鞋油。那块橘黄色的光正好打到火炉上方火墙上，一点点越发亮了起来。

每次爸爸出门前都要这样拾掇一番。

妈妈小声说，不说也就这么稀里糊涂好了，我看是抗过去了。

爸爸在系鞋带，脚下的皮鞋变成了白球鞋。穿皮鞋是要上台演出，穿球鞋是要去游艺室打球。演出和打球都是爸爸最喜欢的事情。

一直以来，在妈妈眼里，一个男人如此臭美并不是什么优点。只是妈妈没有像以往那样连讥带讽地说爸爸臭美。相反，她满是欣赏地打量着爸爸。这可真是稀罕。

我突然发现，爸爸仍是那么年轻，而旁边的妈妈却已经满头花白。

入户门边的窄墙上挂着一面镜子，镜子是长方形的，左下角有个大大的红双喜。

我在镜子里看到爸爸瘦削的背影。而镜前是空的。爸爸什么时候走的，我竟不知道。

我要见到爸爸，总是在这样的房子里，从前的老房子，年少时在矿上住过的老房子。在老房子里，我是成年的我，而爸爸是几十年前年轻时的爸爸。

这一刻，时间和空间完全变得混沌，没有了边界。我以现在之躯，过着以往的生活。我以现在之时，遭遇过去之境。

老房子成了一个梦境与现实的组合。

梦里我一再虚构着另一种真实，它那么逼真而细节完备。梦并非露出一个匪夷所思的马脚，更像是一个合理的超现实存在，是时光叠错，是沉睡于身体和意识深处的另一部分生活。那样一个寄托了我过往日子和情感的物质所在，夜夜遁隐在梦影里，令我生出莫名的伤感。

十六

梦串起我支离破碎的片段记忆，仿佛是我粗粝童年的修补术。那些以往我以为我不在意我会忘记的暗河，前所未有地奔涌起来，仿佛暗夜中未灭的火红的炭，点着了我的梦。

我问爸爸，为什么这么爱吹笛子？

"因为高兴呀。"爸爸说着，用笛子吹出了一声又一声轻快的鸟鸣，爸爸告诉我，这是百灵鸟的啼鸣，那是黄鹂鸟的鸣叫。真好听。

爸爸停了下来，手指抚着笛子，想了想又说："因为心里不痛快，笛子一吹，就啥都忘了。这不高兴的事儿忘了，剩下的不就都变成高兴的了。"

每一次，爸爸的回答都是这么简单。

只是我总辨不清，这段对话是真实地发生在某一天的下午，还是一直刻录在我的梦里？

它反反复复地再现，以至于我每一次醒来，都会错以为我仍留在旧的房子旧的日子里。

洪水走了

一

天微微亮。刚过五点。

姐姐推了推我，说，洪水走了。

雨是什么时候停的，洪水是什么时候退隐的，我们都不知道。这么安静，洪水退去的早上，好像什么都不曾发生过一样。

我第一个反应就是冲向沙发，光脚站在沙发上看向外面。

街上坑坑洼洼，隔一段有一个小沙窝。沙窝里闪着水的反光。反光里映着一小片蓝天。

大雨过后的天空湛蓝湛蓝的，蓝得那么干净和纯粹，透出润泽的湿意，透出光滑清爽的冰凉。那蓝色映到水坑里，成了地面上的镜片。乍一看，马路像是被洪水冲漏了，直漏向地球的另一端，那水坑不是水坑，是穿透地球的深洞，透向了地球的另一端，透过了地球另一端的天空。

四周的山不再是焦黄和灰白，而是浸了水的润黄和青灰，有了一种难得的清朗。

湛蓝的天空下，一片狼藉。

几个不知道从哪里冲来的电线杆，横绊在马路中间；马路上，一堆堆鼓突的东西，细看是灌满泥沙的衣物；再远处，一个没了箱盖的木箱子，隐约可看出暗红的斑驳漆色；箱子旁边有两只瘪坏变形的大蒸锅，一只空的汽油桶。除此，到处都是杂和着煤末的泥沙。

我们家的煤堆，还有目力所及的周围邻居家的煤堆，几乎都被扫平了，煤堆的围栏东倒西歪，只零星地剩下靠着楼墙的那一小片，包裹着一两块大块的煤，跟铁丝网绞在一起。

昨晚的场景附着在这些东西上，一一浮现。

昨晚，天漏过，地漏过，山漏过。这条街被洪水狠狠地洗劫过，而今早的我们，今早的矿上，是洪水过后的遗漏。

爸爸拉了一下灯绳，没有反应，电还没有来。

七级以下的楼梯，都被洪水光顾过，留下薄薄一层细沙，窗台上是半干的泥水印子。楼下的水泥地板上残留着沙子和淤泥，踩上去软软的。

爸爸指了指绿漆墙围上多出来的一道道或浅或深的水痕，有些歪扭的水痕，说，看，这就是昨天从窗子外面涌进来的洪水，超过八十公分了，比饭桌子还高。真够呛。

家具上、墙上都留着这样的泥水印子。里屋的窗台上，还有窗台下的那面墙更明显，无数道的泥水从这里流过，留下了叠加在一起的水迹，仿佛画坏了的水墨画一样。窗户上也全是泥印子，高低柜玻璃柜门后面衬着的白底紫花的布下半部分直接变成了土黄色的，好像在黄泥水里泡过好久似的。光光的床板湿湿的，发出了雨天里才有的湿木头的气味。地下趴着一只浸得湿重的白袜子，那是爸爸平时打球老穿的棉线袜子，昨天往楼上搬衣物时不小心掉落了一只，沉甸甸地吸足了泥水，歪躺在地上，有点可怜分分的。洪水把它遗留在这里，倒像是一种溃逃后的示威似的，散发着一丝余怒。

　　水龙头发出嘶嘶惨叫，一点儿水也没有。水管子也冲断了。爸爸似乎又想起了什么，到屋外一看，唉，炉子也没火了。院子里的炉火被洪水浇灭了。

　　夏天，我们的炉子就生在院子里，从来不熄火，用的时候捅旺，不用的时候用煤末压上，炉子一直是燃着的。这多省事，不用天天引火点着。这样肯定是费煤的，但是那时候，没人这么想，反正矿上最不缺的就是煤。家家都是这样，冬天，炉子生在屋里，做饭取暖两相便宜。一过五一，院子里的炉子就架了起来，做饭烧水，一直用到九月底。

　　爸爸出了门，他要先去看看石老太太。从石老师家回来，爸爸赶紧引火，炉子边堆的块煤还在，引火的柴也在，不过都湿透了。柴烟漫了一院子，半天也没引着。

爸爸只好把湿了的木柴放在窗台上晾着，提了水壶，提了铁桶，先出去找水去了。

马路上不少人，多数人手里都拎着水壶。

可不得了。怕是不光咱们矿上这样吧。大人们见了面，先是一番感叹，啥时候见过这么大的洪水。

可不，整个贺兰山都发洪水了。

咱们这片还好，住小地窑的就惨了，房子让洪水掀倒了的有好几家。隔壁的任大爷说。

别提了，人在小伙房里眼见着就让洪水给卷走了。这是朱伯伯的声音。

大人们的议论，让我一下子想起了昨天晚上看到了洪水里起伏的花衣服，还有若隐若现的人脑袋。

二

我们去找水，在马路边上（那时的马路还是沙石路）挖了个深的小坑，里面渗出浑浊的水来。我们守着小坑，等着水一点点澄清。可是用勺子一舀，水又变浑了。经过了一个夜晚，水和土已经不能分家了。

中午的面吃着有点掺牙。妈妈挑着毛病，但并没有放下筷子。不吃也没办法。连续两天喝的都是这样的水，用这样的水做饭。好在，部队的水车马上就来送水了。

矿区一片哑然。矿广播站现在开始广播，今天第一次播音，开始曲《东方红》，这熟悉得不能再熟悉的声音竟然没有响起。从我出生以来，矿广播第一次无声。洪水冲坏了所有的设备和线路，电线杆子全部被冲倒了，线路断了，包括广播线路。似乎洪水喧嚣之后只留下无尽的沉默和寂静；似乎洪水过后，一天变得没有界线，重归混然一片。

寂静中，是无处不在的凌乱和嘈杂。停电停水，顿时让日子充满了无序，充满了无从开始的惶然。

大人们忙进忙出，忙着找水找蜡烛，忙着恢复生活该有的样子，一时顾不上管我们。我们小孩似乎挺喜欢这样没头没脑的生活的。妈妈再也不会因为我们的晚睡晚起而怒骂，也不会因为我们东家西家乱窜而训斥。我们有了一种无序中的自由。这短暂而珍贵的自由啊，是因为一场洪水。

然而，生活惯性的突然停顿，让人体会到一种不真实。

许多天里，父母都在交谈着议论着，谁家的小地窖给冲坏了，谁家的小伙房给冲倒了等等洪水造成的灾祸。我同学的妈妈在这次洪水中被卷走了，爸爸的同事在上班途中被洪水冲没了。这些都是在大人们的交谈议论中我才知道的。这样的消息让刹那间的洪水繁衍出了另一种形态，生出一种永远也无法复原的残缺。

这次山洪，我们矿被冲走了十个人。不只是矿上发生了洪水冲走人的事，据说，整个贺兰山暴发了大小不同的洪水，共有二十六人死于这次山洪暴发。记忆中的山洪在《当代石嘴山简史》（2004年，宁夏人民出版社）中是这样记录的：

> 1982年8月3日，贺兰山区暴雨引起山洪暴发，大峰矿区山洪流量每秒达980立方米。石炭井、汝箕沟矿区淹死26人。山洪还冲坏高压线路、通讯及供水设施，直接经济损失800万元。

矿志里有着更为详细的记载：

> 8月3日下午1时许，天下大雨，降水量达37.5毫米，引起洪水泛滥，部分家属住宅被淹。晚9时左右再降暴雨，历时30分钟，降水量达83毫米，洪水流量686.6立方米/秒，洪峰高达5～6米，遭到建矿以来最大的洪水袭击，洪水越过防洪堤，冲毁部分库房、民宅、医院，房屋倒塌，死亡10人。全矿停产达两个月之久，总计损失折人民币230万元。（《白芨沟矿志》，1990年，宁夏人民出版社）

特大洪水发生的当晚，半个小时内的降水量，超过干旱年份一年的降水总量。

> 贺兰山区最大年降水量381.4毫米，最小年降水量68.1

毫米，年蒸发量 2720 毫米。常年干旱少雨，雨量多集中在6月至9月。（《当代石嘴山简史》，2004年，宁夏人民出版社）

志书上明确记载的矿区降水量说明了贺兰山平常少水的状况。

水要么不来，要么就是来得急走得也快。在这一急一快中，水便不再是绵细柔软的润泽之物，而成了一触即怒的恶煞，一条要人命的恶水。雨水的放肆，造就了大山的愤怒，随之成了一场人与大雨大山的争斗，成了永远无法平息的哀叹。

三

这一年，雨水格外多。

矿上的雨多是雷阵雨，雨伴着电闪雷鸣，伴着急风，像泼水一样从天上倾倒下来。雨水带着比狂风烈日更猛烈的节奏，以更粗暴的蛮力，打断了干旱暴晒。

七月开始，三天一场急雨，五天一场暴雨，贺兰山进入了雨季。每年那点看上去不算太可怜的降水量，多半集中在这个季节，集中在这几天。这是矿山最为湿热的短暂时节。

贺兰山的紫蘑菇就产于这个时候，气温还热，雨水又勤。在干旱的贺兰山，紫蘑菇总是伴着雨水而来，如同雨水一样稀奇。然而这样密集的雨水，除了恩赐深山里并不多见的植被，对于更多赤裸的山地来说，从来都是一场又一场的意外。水所形成的无法明说的力量，能让这里的一切变绿，也能让一切瞬间变没。对于这片大山来说，既对水有依赖，更有对水的恐惧。

每到这个季节，矿广播不时要播报暴雨和山洪的灾害天气预报和防汛抗洪提醒。

这一天也一样，从头天晚上到这天早上中午，已经播报了三次。

下午一点多，突然下起了暴雨。

矿上就是这个样子，很少下雨，一下便是急雨大雨，雨水从来不是绵细的，从来都是跟这山、跟这地、跟这里的人一样，有着急躁的坏脾气。雨滴落到地上，从来都不是润物细无声的，而是粗暴有力的、是噼啪作响的。

在雨水到来之前，电闪雷鸣已经让人领会了它强势的前奏。闪电不断穿透浓厚的乌云，像是一遍遍地在说，我来了我来了。连一贯喧嚣的山风都吓得不知道到躲到哪儿去了。雷声轰隆隆地从远处的山头滚过来，越滚越近，越滚声音越大。直到最强的一道闪电骤然刺破厚厚的乌云，雨便像扎破了的水袋一样，水哗地漏了下来。

雨水噼啪地敲着窗玻璃，砸着屋顶，摔打在地面上。

雨声大得像是好多人在大声吵架一样。这时，山风才不知道打哪儿又冒了出来。狂风吹着雨幕，让人能看到的只是一条巨大的斜纹雨布，连成一片的巨型雨幕。

雨，一年也下不了几场的雨，都集中在这个暖凉交织的日子。

天气与平常不同，似乎让人的心境也有了起伏。

雨水打在窗玻璃上，顺着玻璃变成了泪水，一行行一排排地流下来。在泪水与泪水的空隙，我看向外面。

雨水中，偶尔有一两个人，迅速而狼狈地穿过马路，很快，空留挂满了雨帘的街道。

层叠密实的雨帘落到地上，一开始还腾起地面上干燥的煤灰和尘土，要不了多久，狂欢的雨水汪成了小河，涌起了一片浅而急的洪流，很快顺着矿沟倾泻而去。

就在人还没来得及在心里抒抒情时，雨便汇成了河，汇成了一条山间的洪流。

窗外的这条街道显出了它的本色。它原本就是条泄洪沟。

泄洪沟从矿医院——矿上的制高点，从学校——另一个制高点，还有矿火车站——第三个制高点，分三股喧腾而下。这三条岔路便是三条小的泄洪沟，汇集到矿中心，集成一条大的洪流，从这条主街道奔逃而下。

毕竟人要天天从这条街上行走来去，即使是洪水来临的季节，大多数人也几乎忘了它其实最初是洪水冲出的路，山洪要走的路。

矿上的人们并不觉得洪水有什么可怕。不就是水吗，矿上一年四季最缺的就是水；不就是雨水吗，下点雨，矿上单调的天气，乏味的四季，多了那么一点不同。对矿上的人们来说，雨水终是稀罕的。

以往，一年仅有的几次洪水，多半是瞬间来了，又很快走了，除了留下一点很快就会消逝的痕迹。比如，街道的两边、拐角、街面上，有了坑坑洼洼的沙石，有了狼藉的湿迹，但很快沙石会被清理掉，水迹会被风吹干。山洪来过的记忆，随之会被人们淡忘。

四

顽皮的男孩子们，在这样的日子早就另有打算，那就是玩水。下过雨的时节，雨水经过的地方，总会存下一些水。火药库前的大水坑被称作水库，一下雨那里会蓄满了水，蓄满了水的水库才叫水库，男孩子们才能到那里，精着尻子无所顾忌地耍水。

水库是唯一能存住水的地方，在这个以山和煤为主的地方，有这样一个积水成潭的地方简直就是一个小小的奇迹。因为就连供我们吃的水，也是地下打井架了无数个水泵顺着山间公路绕行了无数公里才到矿区的自来水管里，成为矿区人们的生活用水。

在发现水库这个地方之前，男孩子们练习游泳的地方是澡堂。男人们从井下收工出来第一个去的地方就是澡堂。矿上的男澡堂就在采一区井口西侧，每天从早上七点开到晚上十二点半，以保证三班倒的矿工收了工就能洗上热水澡。据爸爸讲，男澡堂子里有一个大池子，一次可以泡得下二三十个大人的大池子，有些皮小子就在那里学游泳。

野地里游泳究竟跟灯光昏暗空气混浊的澡堂里是大不一样的。

而我们从来没有在矿区见过任何一条河流，哪怕是小溪。学校的山后头倒有一眼泉水，泉眼的周围洼出一个小小的水塘，但是它就这么大，即使再暴雨如注，山泉水的水眼也不会明显增大，更不会洼成一面湖水。水在淤积的同时，渗到了更深的山体深处。谁也不知道，它汇到了哪里。只有当井下发生透水事故，矿井被水淹了时，我们才从大人们的嘴里知道，这些泉水都在地底深处，暗暗地汇集着流淌着，它们跟矿井巷道一样，各有各的走势和线路。勘探煤层，开挖煤井，首先要避开地下水流。因为一旦交集，便是灾难，会发生透水事故，会淹没矿井，会要人命。

相比之下，火药库前的水库，就成了一道少有的风景，有着蓝天白云的倒影，有着随风而动的波光的风景。夏天的时候，可以在这里耍水打水仗；冬天，还可以在上面滑冰甩老牛。

去水库游泳都是私下里偷偷去的，游泳的时间通常在正午一点到两点，大人们上班的上班，午睡的午睡，没有人会注意到孩子们在干什么。正午，太阳最烈，再凉的水也不觉得刺骨。水库前有道天然的屏风，伸出的一截山嘴正好挡住了水库，人们要想看到这片水，或者到火药库办事，都得专门绕出马路走很远。水库的存在，就是一种象征，保护这一物资重地的象征。那是以备消防用水的蓄水池，暴雨是水库最主要的来源。多少年来，虽然从来没有用上过，但它并不是摆设，需要它时，一定是很可怕很危险的时候。大人们偶尔会给小孩子说起这里会有多危险，但全被孩子们当作了耳旁风。这点坑洼里的水诱惑着矿上半大的小子们，大人们越是不让去，越是说危险的地方，他们就越是要去。

小孩子们都是趁着火药库的看护不注意时去游泳的，可不敢让他看见，否则就坏了，泳游不成不说，可能还得被告上一状，回家准得来顿皮带炖肉，挨打是免不了的。

水库有着这般的吸引力，妈妈却说那是臭水池。夏天的雨水冬天的雪水注入后，多少年来，没有流动没有变化，成了死水一潭，早成了细菌滋生的温床。妈妈说起不能去那里游泳的理由，除了危险，比别人家的父母更多了这么一条。

水库的最深处有一米四，跟我个头一般，这是我用十一岁的身体量过的。最浅处连一米都不到。妈妈的话我并没当回事，偷偷和三个要好的女同学在大中午去游泳，成了探险一般的乐事。

那里几乎就是整个矿区最安静的地方之一，如果不是那个猩红的铁牌子，人们都不知道，突出山体锁着的两扇大铁门里竟是这样一个库房。那里有一个看库房的老头。老头的家属在农村老家，安排他看库房是因为他四十刚过就得了硅肺，有硅肺病的人不抽烟，而火药库一个最主要条件就是看库人不得抽烟。老头在火药库旁边开了一片田，不知道他从哪儿整的细土，竟然种了一畦小菠菜。夏天，这里又有绿色又有水，成了山间仅有的一片风景。

在想方设法让爸爸从井下调出来从事地面工时，妈妈也想过其他单位不好进，可以到火药库。那里作为一个安全重地，工作不累又没多少繁重的事务，但工资奖金在地面工中算是比较高的。爸爸可不乐意——谁去那个地方，又危险又无趣，整天一个人待在那个山窝窝里，连个说话的人都没有，时间长了会变傻的。不比井下好多少。

然而，这只是爸爸的说法。妈妈一再说，那是地面工，也不是想调就可以调成的，这工作也是得求人的。总之，在爸爸还是一个矿工时，妈妈总是寄希望于让爸爸调离井下，只要是地面上的单位，哪怕火药库也行。

矿上的孩子多半是不折不扣的旱鸭子，越是不会就越是想学，就越觉得会的人了不起。说实在的，去水库游泳，更多的是为了获取一种心理上毫无由来的自豪，作为在同龄人中吹牛说大话的资本。

而那仅有的一次游泳留给我的却没有丝毫的得意，只是紧张和不适。水泥砌的池底，淤积了一层黏糊糊的籽泥，一脚踩下去黏糊糊滑溜溜的，让人心生怀疑和提防。一不小心就滑倒了，还没有游起来，就先喝了一口满是怪味的脏水。等好不容易强按下心里的不安，终于踩实了，缓缓走到水库中间最深的地方，才感觉到要漂起来。在这个能浮得起来的地方，能划拉两下子，多少满足了我们傻乎乎的天真的期待，有了一种冒险成功的野趣。

我和小华还有其他两个同班女同学穿着裤衩背心，刚浸到水里没一会儿，一群男孩子就到了，他们一下子脱得精光。我们这群女孩子只得逃跑，衬衣长裤裹着湿背心湿裤衩回了家。

十一岁这年夏天去水库游泳，成了我有惊无险绝无仅有的一次经历。那天晚上，我开始发烧，因为水库的脏水灌到了耳朵里引发中耳炎。再加上穿着湿的衣裤，山风一吹，着了凉风。

即使是最热的三伏天，在山风吹拂下，矿上的最高气温也没有超过二十八度。矿上的风从早吹到晚，从白天吹到黑夜，从春天吹到冬天，三百六十五天，从来没有停过。

因为中耳炎，那个夏秋之间，我天天要去医院滴双氧水。

妈妈所说的水库的水脏成了明证，也成了妈妈教训我的话把子——怎么那么不知羞。

这唯一一次游泳的经历，只讨来妈妈一顿臭骂。

妈妈一再的训斥，让水库里游泳这件事情成了一件令人羞耻的事情。这更加重了我内心的不安和羞耻感。

水库那里天然地被划分为男孩子的地盘，女孩子怎么可以到那样的野水滩里嬉戏？似乎矿区绝大多数地方都是为男孩子准备的，从小孩子起到长大工作，矿区能为女孩们提供的极其有限。

这会儿，水库肯定蓄满了水，等到雨过去，会成了男孩子们扎猛子的好地方。

一下雨，我就想起了水库，想起了前一年那次短暂而无果的游泳经历。

五

突然，一束光闪出了云层，一小片光打到了对面的山顶上。雨还在下，却已经没有了刚才的兴头，一下子变得稀稀拉拉。

山风，很快刮散了乌云。山风刮着雨水，更刮着云层，就这么把雨云给送走了，送到了山的那边。雨说停也就停了。

天亮得跟半个小时前一样。半个小时前，天突地暗下来，现在天亮起来也是一样的迅疾唐突。

雨停了。

洪水在边边角角都留下了痕迹。男孩子们一拥而去，到街上捡漏。说是漏，实际上都是从上游不知道哪个生产区冲下来的物资。有不知从哪里冲下被挡在了拦洪坝拐角的木墩子，还有一只食堂不用的破铁锅。

这些东西，原本也是废旧物资，顺着洪水冲到哪儿就算哪儿。但在孩子们眼里都是宝贝，这些破铜烂铁也能卖不少钱。

大人们说，如果这雨再早上半个月多好，山里的紫蘑菇会多得不得了。采蘑菇，要赶好远的路，要往内蒙古古拉本那个方向走，走到一个叫野松沟的地方，那里有一大片野生的松柏，那里遍地是蘑菇。在最热的天气，这样的雨水过去，蘑菇就会像中了魔法一样，蹭蹭地冒出来，就那么一两天的工夫，长得又密又多又大。翻山越岭采蘑菇的人，要天不亮就出发，天黑才能回来，在山中翻越一整天，能带回一背篓的鲜蘑菇。采蘑菇的人要腿脚勤快，还要识山路。

洪水并不可怕，洪水还能带来一些意外之财。年复一年在这样的环境里生活长大，洪水猛兽这句话，人们似乎早就忘了。

猛兽，这个字眼显得何其遥远，这荒秃的山，一棵大树都没有，猛兽如何藏身？传说中的狼和豹子，只是传说中的，连最早来开矿的人，都没有见过。钻机轰隆隆一响，野兽们早就闻声吓跑了。炸药一响，深埋地层多年的黑石头就露了出来，就被挖了出来。人能从现在凿穿到亿万年前，能让储存上亿年的石头燃烧，为人所用，人还有什么可怕的？一切都表明，人才是这个世界上最强大的。

暴雨来临，瞬间爆发的河流填满了街道和山沟时，住在马路两边，也就是沟两边的大人孩子们没有人感到害怕。洪水来也就来了，过去也就这样稀里糊涂地过去了，丝毫没有打断和影响过矿上人的生活，打乱过矿上的生产。至少在我十二岁之前，从来没有觉得雨有什么可怕的。

矿沟重归街道，拉煤车继续源源不断地驶过，大人孩子们仍旧穿梭于马路上拦洪坝上。

日子依旧是老样子，人们熟悉习惯的样子，人们习以为常的样子。

洪水仿佛不过是一个短得不能再短的插曲。某种程度上讲，山洪跟煤一样，是这山的一部分，日常而又奇特的组合。如果真感到害怕，就好像把煤当宝石一样，简直就是少见多怪。

雨水总是带走了一些东西，又带来了一些东西。只是多数我们并不知道罢了。

隔壁老岳家的二小子捡了些破烂铁丝、报废的车轮胎之类的东西，还捎回了一个消息，他家的大公鸡让刚才的洪水给冲走了。

我们姐仨儿听了竟然在院子里欢跳而起。

虽然这只鸡并不是从前那只该死的芦花鸡，这只鸡要比那只温顺许多，从不伤人。但不知怎么，好像从前那只恶鸡的仇终于在这只无辜的鸡身上给报了似的，我们觉得这是件天底下大快人心的事。

六

预报晚上还有雨。妈妈们的晚间闲聚由马路上搬回到了室内。室内闷是闷了点，没有马路上凉快舒服，但电视一开，似乎也就忘了。

下午的那场暴雨，并没有带走这湿热，相反，因为潮气还未散尽，更显得闷热起来。

这天晚上，我们像往常一样，到梁姨家看电视。

梁姨家住在我们这片家属区的第三栋楼。他们家是第三栋楼最早买电视的。从一开始，附近的邻居就似乎形成了习惯，总是喜欢到最早买电视的人家去凑热闹。

我们这排房子是石老师家最早买了电视，如果石老师两口子没有回浙江舟山老家的话，我们娘几个会在石老师家凑趣。每天晚上，妈妈最喜欢的事就是带着我们去邻居家串门，一边看着电视，一边聊着闲天，一边织着毛活，这样对妈妈和我们来说，每一个晚上便过得有滋有味。那一年，矿上好多人家都有了电视，来梁姨家或者蒋姨家看电视的要比前两年少多了，也就只剩我妈带着我们姐仁儿是常客。

这天电视里演的是越剧电影《红楼梦》，这是妈妈顶喜欢的一部戏剧电影。如果石老师一家在的话，妈妈准是会去石老师家的。蒋姨特爱看这部电影，电影院里上演了两场，她就去看了两场，戏里面的词和曲调蒋姨都能背下来。这是蒋姨老家的戏。以前没有电视的时候，蒋姨总在家里放录音磁带《红楼梦》。磁带是石老师回老家时专门捎回来的。偶尔电视没有什么好看的，蒋姨会一边织毛衣一边听录音机，录音机里只放徐玉兰王文娟主唱的《红楼梦》。因为老听，甚至影响得我妈这样一个北方人，竟也不折不扣爱上了这部南方戏。这也是我在学会识字读书之前，知道的第一种版本的《红楼梦》。

这家伙唱得真好。这家伙是指演宝玉的徐玉兰。电视一边上演，我妈和梁姨她俩一边议论比较起来。

妈妈总觉得蒋姨长得有点像徐玉兰，不似南方女人的小巧秀气，却有点北方人的模样和派头，个子大不说，眉眼鼻子嘴巴都显得阔大。也许就因为这长相，邻居们都觉得蒋姨更像北方女人。

你看看这个黛玉，小心眼子，跟我们三儿有点像呢。妈妈把妹妹摆到了剧里。

妹妹翻了妈妈一眼，她反感妈妈以她当作话题。

我被宝玉高亢的唱腔所吸引——林妹妹，我来晚了！正听得入神，外面打起闪来，雷声轰隆隆的，从远处滚过来。似乎天气也很配合这部剧的气氛似的。

电闪雷鸣刚停下又响起。妈妈看了看外面，站了起来。

看完再走，马上就演完了。

赶紧回，在你家看完得趟着水回了。

我妈说着连推带搡带着我们出了梁姨家的院子。

七

雨点子可真大。我们娘四个赶紧往家走。

天气更加闷热，似乎一年四季狂刮不止的风，在这个夜晚溜走了，空气变得温柔湿润起来。

电闪雷鸣一阵紧似一阵。雨点儿像水珠一样猛地砸到我的头顶和身上。雨滴到身上并不觉得凉。

我妈打开屋门大声喊着，快进来，雨都捎进来了。你爸还不回来，要是发了山洪，我看他怎么回来。正叨叨着，院门响了，爸爸回来了。

幸亏跑得快。再晚两分钟非啪雨里。爸爸抓起毛巾擦头擦脸。爸爸的肩膀和裤腿已经湿了，劳动布的工作服已经变成两种颜色，淋了雨水的肩头和裤脚，成了深蓝色。

怎么说下就下起来了，跟下午的雨一样急，弄不好一会儿又得发山洪。

爸爸一看院子里汪起的浑水，赶紧把屋门锁紧了。

天空又闪过一道闪电，一声闷雷由远及近，轰隆隆地响了好久。

爸爸正要换掉衣服，突然想起来似的，不行，我得去看看石老太太，人家石老师走的时候专门托付给咱们了。

石老太太是石老师的母亲，去年春天从浙江老家来到矿上。

石老师的父亲是国民党下级官员，当年国民党溃逃时，石老师的父亲生死不明，不知道是去了台湾，还是在离开大陆前已经亡故，反正没有下落。老太太守寡多年，带大了三个儿女。大儿子和女儿先后考上大学，留在了宁波和上海。老太太在宁波大儿子家跟儿媳不合，到上海女儿家跟女婿合不来，一来二去，只好投奔在矿上的小儿子来了。

石老师又是怎么来矿上的呢？跟矿上许多南方人、许多城里来的人差不多。石老师是1964年随着浙江支青一起到宁夏的。石老师到宁夏后，先在青铜峡种了几年水稻，后来矿上招工，就到了矿上。而石老师的爱人蒋姨，一心看上了石老师，当年便作为编外支青随石老师到了宁夏。

石老师到矿上没多久，因为矿上建学校缺老师，要在矿工里招考。石老师一下子从一个挖煤工变身为中学教师。而在我们矿子弟学校的老师里，有不少是像石老师这样的支边知识青年，从井下招考出来，成为矿上教育系统最早的师资力量。石老师成了我初中和高中时代的数学老师。

这会儿正是假期，石老师一家回了舟山，蒋姨的母亲去世了。临走前，石老师特意跑到我家要爸爸妈妈帮着照看一下石老太太。

我妈站在楼梯中间看着窗外，嘟嘟囔囔，石老太太刚来时，我还给老太太说过矿上发山洪，老太太还问我啥是山洪，是不是山变红了？估计这辈子还没见过。

老太太不会想到山洪是这样可怕的洪水。我们也没想到，下午已经发过一次不小的洪水，晚上洪水还会来一次，甚至，因为有了下午的预演，有了人们的不以为意，更加恣肆和任性。

说话这会儿工夫，洪水来了。在我们不以为然的时候，洪水已经冲上了马路，冲向沟沟岔岔，冲进了院子，冲进了屋里。

爸爸刚把门开了条缝，一股洪浪打了进来。爸爸费了好大的劲儿才把门关上。

门怕是都出不去了，院子里的水都到鸡窝半中腰了。妈妈有些担心。

雷声一阵响似一阵，好像一直不停地从很远的天边滚向半空中头顶上，声音越来越大，越来越响。电闪的强光，让黑乎乎的院子瞬间回到了白天。

雨更加密集，砸得小伙房顶和鸡窝叭叭直响。

我得从窗子过。爸爸急中生智，扒开外屋面向院子的窗户上的钢筋条，打开窗户，直接出去了。外屋的窗户因为防盗的考虑，专门在窗户内侧安了六根钢筋，每个相隔十公分，拆掉了中间的一根，爸爸的身体刚好能钻过去，脚直接踏在鸡窝顶上。好在前不久，爸爸才将鸡窝重新加固过，四面用砖头砌的立柱，重铺了铁丝网和油毡。

爸爸踩到鸡窝上时，咕咕咕的鸡叫声混杂在雨中，听上去母鸡们也是又害怕又担心。爸爸顺着鸡窝直接上了我家和老岳家的院墙，爸爸走得又快又稳，好像雨夜里飞檐走壁的武林高手。

　　妈妈盯着窗外的爸爸，看着他上了院墙，看着他顺着窄院墙向石老师家走去。

　　雨点噼叭，雨声嘈杂，淹没了一切。

八

　　雨水一股股地从门缝底下不断涌进来。

　　幸亏石老师家就跟咱家隔着两个门；幸亏你爸这一天打球，身手灵活；幸亏这院墙是砖墙，要是土坯墙还真是够呛。妈妈守在一楼外屋的窗前，看着外面，一连说了几个幸亏。

　　二楼传来姐姐急促的喊声：妈，妈，发山洪了，大得很。

　　我妈的声浪一下子高了起来：快抱电视，抱到楼上去。电视显出了金贵，这可是我们家最值钱的一个大件啊，除了电视，家里值钱的便只有楼上我妈那屋的缝纫机了。

　　我妈赶紧催我们往楼上搬东西。姐姐和妈妈抱着电视，一前一后上了楼。

　　窗外已是洪水滔天。在不间断的闪电中，洪水连滚带爬，掀着浊浪，顺坡奔流而下。

　　妈妈的声音很近，似乎就在楼梯口，说，先搬这个，把这个扛上去。

　　扛面干啥？这是姐姐的声音。

楼梯下面已经进了水，这两袋子面不搬全都泡水了，还咋吃？

妈妈一直在楼下催，赶紧，水全从后窗子灌进来了。

我们再上来，一人抱了一摞被子床单和一团团的衣服。

再晚去个两分钟，石老太太要吓坏了。我听到爸爸从窗子跳了进来。

还从来没见过这么大的雨呢，今天这场洪水小不了。爸爸说，我是原路走原路回，没从门走，走不成了。说完爸爸惊叫了一声，哎呀，水都进了这么多了。快往楼上搬东西。

爸爸抱着被垛上了楼，一看地上的电视机，还有三个面袋子，爸爸笑了，你妈就认吃。

不认吃咋地，啥时候人得吃饭啊。妈妈耳朵尖，在楼下就听到了。

电灯泡一闪，整个屋子黑了下来。停电的一刹那，整个矿区都黑了下来。

糟了，电路都给冲坏了。弄不好电线杆子都给冲倒了。

闪电再亮起来的时候，窗下这条泄洪沟已经成了汪洋大海，好像电影里风暴中的大海，浑黄的洪水，一浪一浪翻着跟头打着滚，一层一层向东卷腾而去。

汪洋已经冲到楼跟前，在闪电中，不断地涌现和翻腾着。好像不是洪水，而是闪电在变魔术一样——拦洪坝没了，煤堆不见了。洪水漫到我们的眼皮子底下，洪流让整个煤矿变成一条汹涌的河床。

河床的高度不断在上涨，洪水不断地拍打着我家一楼的后窗，好像无数双小手在拍窗呼救——我要进来我要进来。

水从后窗子漫进来了。水一股一股从窗缝里涌进来，渗过了窗户玻璃缝，漫过了窗台，终于在墙面上汇成一股水流，那股瀑布般的水流，在一道道闪电中，闪现在窗台上，缓缓地流到了屋子各个角落。

九

水不断地涌动在我的眼皮底下。温柔的水，清凉的水，混浊的水，从前总是引起我种种美好想象的水，此时，从四面八方包围了我们，以它狂浪的方式抱住了我们这栋楼，以肆无忌惮的愤怒填满了矿沟。

洪涛浊浪，一股股从门缝和窗户强行闯进来，仿佛深海里的水怪，长着无数长长软软蛇形的触角，可以伸缩可以变形，变软变薄变得无孔不入，伸进屋子里，伸出有力的触手，把屋子里的一切，包括我们，掐着脖子抱着腰，撕碎扯烂，或者干脆直接甩进已经变得深不知底的洪水中。

真吓人！什么时候洪水这样让我们害怕过？就是在马路上，你只要站在拦洪坝上，你只要站在高处，看它在你脚下爬行，很快地，它就爬走了。

而此刻，黑暗中，雨还在下着，一点儿都没有变缓变小的迹象。洪水早就不是一条可控的水蛇，它变成了巨蟒，变成了巨型水怪，变成了张开血盆大口的饿极了的猛兽。

爸爸妈妈上上下下挪了好几趟，终于把值钱的、怕湿的、要用的东西都搬到了楼上。电视机、被褥、衣服鞋子、锅碗瓢盆，堆了一屋子。除了实在不好搬的那几样家具光板板地留在了一楼。

终于可以喘口气了。爸爸看了看仍在不断上涨的洪水，长舒了一口气。真是百年不遇的大洪水，太吓人了。

爸爸又说，我去的时候，老太太就坐在楼梯上，吓得上上不去，下不敢下。一看我来了，就跟见到救星一样。幸好窗户没插。我把她家窗台上的钢筋硬是给捣掉一根进去了，把老太太背到楼上，又把他们家电视机也搬到楼上。一开始我没想到电视，还是石老太太说的，让我给搬上去。搬完，我又把他们家炉子上的小半锅米饭和热水瓶都给老太太放楼上了，把痰盂也给放好了，交代老太太不要下楼，就在楼上待着，等明天天亮了我再去。返回时路上的水已经有半人高了，根本就走不成，我就又从她家窗户出来，从院子的煤堆上了小伙房，原从房梁上走回来的。

快看，那是不是一个人的脑袋。妹妹指着闪电中的窗外，喊了一声。

凑到窗前，我只看到洪水急流而下。

姐姐尖叫，妹妹一个劲地喊害怕，我也吓得要死。我们都在担心，洪水会不会这样一直涨下去。

别胡说。爸爸正说着，一道强闪电，电光中，我清清楚楚地看到一个人的身子漂浮在洪水中，一只胳膊伸出了水面。

快看快看，真的有人在水里。姐姐也看到了。

我咋没看见，我看你们是给吓傻了吧。妈妈看着窗外说。

我们都没言声，真有点吓傻了。

黑暗中，只剩下水，滔滔不绝的洪水。闪电中，隐隐约约的山，一点点推远。

矿区已然不存在了。

在黑暗和电光交错中，我们正在逆水而行，不停地前行，艰难而迅速的前行，并不知道要驶向哪里。

四闭的窗户，并没有挡住外面的雨声嘈杂和山洪巨响。

洪水里不断涌起木头，巨大的木头包装箱，还有一些说不清是干什么用的巨型水泥管之类的东西，这些东西随着洪水一起一伏，在黑暗和闪电中，像是一种从未见过的、魔法无边的魔怪似的。

我一时有种错觉，好像我们的房子，还有街对面的楼房，在闪电中在洪水中，已经不再是房子，而是行走在风浪中的船只。洪水有多急，船行就有多快，洪浪一波波掀起落下，我们的船还在艰难而快速地往前行着。这奇怪的房船，仿佛诺亚方舟。只是船里是黑暗中的我们，只有我们一家人。整个楼房里的人和对面楼房里的人，都消失了都隐匿了。

屋子里闷热极了，闷得人透不过气来。

妹妹紧紧地搂着我，姐姐把我们俩搂在一起。在电闪雷鸣中，在洪水的巨响中，在雨声嘈切中，姐姐说，要死我们死在一起。

这引来妈妈一顿训斥：小孩子家说什么死，你爹你妈都在这儿，要死也轮不到你们先死。再说，这楼是矿上最结实的楼，一个山洪还能把楼冲塌了，这楼不成了纸糊的了。

妈妈放低声说，幸亏是楼房，幸亏还有个楼上，这要是土坯房，怕还真抗不住。

妈妈的话，把我们拉回现实。

洪水很快会过去的，一会儿就会过去的。爸爸越说声音越弱。

十

我现在还记得隔壁老岳家的小四当着众邻居问他爹，爸，我啥时候能接你的班？老岳说，等我死了你就能接班了。小四说，那你啥时候死？他爹脱下脚上的鞋就甩到儿子头上，嘴里骂着，你他娘的不孝子，盼老子死。

这段父子对话，成了我们这排房子流传了好长时间的段子，成了我们这片家属区的一个众所周知的笑话。

老子死了儿子就可以接班，在矿区，这是不争的事实。

吃的是阳间的饭，干的是阴间的营生。当年矿区流行的这种说法，略有些阴森却又直指本质。在地底下讨生活，是矿工的宿命，也是矿上绝大多数人的宿命。虽然井下伤亡事故的概率已经被控制到很小，比如，每年矿上的生产任务，除了原煤生产多少吨，安全无事故也是一个努力达到的目标。但毕竟在煤矿，死人的事总是避免不了的。每次发生事故，无论死伤，的确都是一次恐怖的经历，会形成一种久久不散的阴影。

当然，在我们长大的那个时候，死于矿难事故的已经少了许多，至少从我有记忆以来，井下的死亡事故已经很少了，即使有，也是我们这个年龄的孩子不可能亲眼见到的。一来我们还小，不可能出现在挖煤的生产现场；二来那样的场合，大约也只有亲历者或者救援人员见过，家属多半是不可能在现场的。所以，有关发生在井下的矿难事故，我多是听大人讲的，听到时多是过去式的伤亡经历。说实话，这样的伤亡事件，留给我的并不是死去的人的沉重痛苦，我能知道的却是那些亡故者的家属，和故去的人有关的还活着的人的现状。死亡，在这个时候，好像并不是巨大的重创，而是留给活着的人的隐在背景和暗处的阴影。

而在我那样的年纪，还远不能理解死的意味，更不能理解死亡阴影下生之沉重之艰难。我们所听到的，周围大人谈论的重点，不在于死，不在于死亡的当时，而在于死去的人给活着的人留下了什么。矿上规定，父死子可以接班，夫死妻可以转正，除此之外，还有一笔一次性抚恤金，未成年的孩子可以由矿上一直抚养到十八岁，这些对活着的人的妥善安置，既是对地底下发生的意外的实际抚慰，更是对活下来的人的一种最为现实的支撑。也许，相对于死，特别是井下发生事故时完全不可控的死，活才是更为重要和更为漫长的。在这一点上，矿上的人是极务实的。死亡只是一次性事件，一个人死了便结束了，关键是这死了的人的亲人接下来能怎么活，活得怎么样。

发生于瞬间的矿难，死亡的阴影，从地层深处浮现到太阳底下时，就成了一种活着的底色。

对于我们这些孩子来说，因为从未见过井下是什么样，矿难事故像是件遥远的事情。年少的时候，我们还远不能理解大人的心境，无法想象，对于黑暗与死亡，大人们内心深处的恐惧，至于肉体对抗石头的迫不得已，和在深暗的地层底下讨生活的心惊肉跳，更是无法知晓。

而这样一次特大山洪，让死亡的真实，由以前隐在地下涌现在地面上阳光下。死亡不再是地层下的传说，而是眼皮底下的真实。

十一

一个月之后，各家各户按照受灾的情况，多少得到了一些补助。我并不记得我家补了多少钱，我只隐隐记得恢复山洪造成的毁坏，用了好长时间。井下停产了，爸爸似乎有一个月都没有上班。在供水管道、供电线路维修好之前，我们每天等着驻地部队的军车来送水，一天一趟，晚上呢，就凭着蜡烛过活。

水来了原本是好事。但山间的雨水，令人猝不及防。

贺兰山就好像一个蓄水池一样，可这一次雨水来临时，它蓄不住了。因为水，贺兰山把脾气发泄到人身上，有如因无能而迁怒于人。

被洪水冲走的十个人，成为那段时间矿上人们谈论的重点。每个逝去的人，此时重新被人们认识和记起，似乎活着的时候，人们并没有在意过他们，而死才让他们的生显出真实存在过。

山洪过后，矿区似乎被冲开了一个口子。

似乎是洪水冲开了矿上原本已渐坚实的根基。

这一年的秋天开始，矿上开始陆续传来外地知青想办法调走的消息。走的先是医院的大夫和学校的老师。

即使不可能回到从前的大城市，哪怕能到银川也行，哪怕是调到煤城石嘴山也行。人们长久以来不得不对矿山的接受和忍耐，似乎终于到了一个期限。能走的人，有办法有机会调走的人开始陆续使出各种招数离开矿区。

矿医院和学校接连走了好几个人。医院的蒋大夫走了。蒋大夫是上海人，为了回上海，他和妻子假离婚，最终调回了上海的医院；矿子弟学校的黄老师调走了，她父亲归国华侨的身份，曾是她被遣散到矿区这个山沟苟延残喘的理由，现今成了她重回杭州、重归故里的理所当然的补偿。除了这些落实政策的人，调走的人一波又一波，即使回不了南方老家，托关系调到银川调到大武口的人也渐渐多了起来。

上海人、杭州人、天津人、北京人，这些大城市来的，即使是一时回不去，也要想办法把孩子的户口迁回老家。每个当父母的，这个时候都理所当然，不愿意自己的孩子再在这个小煤矿深山沟过一辈子，吃自己吃过的苦头。

这年底，石炭井矿务局医院职工及家属一千余人随医院迁回天津。这支因当年国家三线建设的需要从天津整建制搬到石炭井的医疗队伍，在这一年又整建制地回到了天津。就如同他们当年到宁夏时一样，一个不留地来，十几年过去，他们又一个不留地离开了。据《石嘴山志》记载："1969年11月，天津市947名医务人员及家属迁入石嘴山市（医务人员248人），其中：天津市第四医院整体迁入大武口，建立石炭井矿务局医院大武口煤炭职工医院（时称'天津医院'）占当时天津支宁人员总数的44.99%。"当年他们的到来，是西北煤炭工业建设的需要，现在他们的离去，却向人们透露了一种强劲的信号，人的流动有了另一种方向、另一种可能。

这些人的陆续离开，似乎又勾起了妈妈初来时的念头，重新坚定了妈妈一开始的决心。谁不想离开这个破地方，就在特大洪水发生之后，这渐渐成了妈妈的口头语。矿山是父母青春的见证，却也构成了妈妈一生患得患失的基调。

妈妈不时提及这样一句话：就是砸锅卖铁，也要供你们上学，供你们考出去。当然，锅并没有砸，铁也没的卖，妈妈只不过在强调一种决心，长久以来一直深埋她心中的结。

人们对于矿山的日子，变得不像从前那么安心了。这当然并非一场洪水的冲刷和启示，而是时代的变化唤醒了人们。

新的时代来了，新的机会来了，更多的重新选择的机会来了。

十二

过了这个洪水肆虐的假期，我成了一个初中生。

妈妈比以往更加关心我的学习成绩。陆续调走的人带给妈妈的刺激，妈妈全化成了对我们学业的要求——务必好好学习，务必考上大学，务必离开矿区。三个务必，成了妈妈为我们树立的人生方向。

是不是从那时起，妈妈的话就种在我的心里，我一时想不起，但我却记得，随着长大，离开矿区就成了摆在我和姐姐妹妹，摆在矿区众多女孩子面前的路。

这一年我十二岁。经历了这样一场洪水，我的少年时代彻底结束。

记忆中这场特大山洪，躺在黑暗中，成了一个永远无法抹去的黑色烙印。

十三

山洪来了，山洪又走了。

人来了。终于，人走了。

也许，时光一直都在试图赋予生命，以另一种更加坚硬的质地。

在这座大山里，从前，树木变成煤，现在，骨头正在化成石头。

沟　口

一

有时候，并不是某样旧物，某条必经的路，也不是那一小片没有一丝云蓝得像是假的天空，不是某样东西把你带回到过去，不是，并不是这样有形的物质。恰是某种无形的存在，比如一束恰逢其时的光线，一阵突地刮起毫无由来的狂风，只那么一现一闪，就把你迅速卷起，轻盈地抛于彼时彼地。你跌落得无声无息，无知无觉。

似一种软绵绵的失重般的飞翔，似一种不经意的雷同和重复，恍然间，过去不露痕迹地叠压到了此刻。你又回到了旧时的某一天。

就在这个黎明前的微光里，你又回到了沟口。看到山口打开处的狭窄与平坦，看到年轻的你从小火车上冲下来，仿佛被急雨冲下的沙砾，急切匆忙来不及思索般地涌向沟口平坦处。那里有两辆大巴，它会带着你和像你一样奔跑不息的孩子，驶向某个地方——一个千军万马挤过独木桥的地方。

这个画面躺在记忆里近三十年了。你以为你忘记了。

你总是如此坚信此刻的生活，每时都正在化作过去脚踏实地的每一天，以至于你所自以为是坚不可摧的今天，却在另一刻提示你，你的失忆有多长。

正处在成年当口的孩子，一群有些懵懂无知的孩子，一起奔向站台坡下平阔的沟口，冲向那里的大巴。你们每个人奔跑的速度、步伐是一致的，慌乱急切，杂乱纷沓。你顾不上看别人，你也忘了自己的腿和脚是怎么跨过铁轨，又是怎么越过铁轨旁五六米的高台。你只记得，这个足够陡峭的斜坡，让所有人的奔跑变成难以控制的一泻千里，成了疲于奔命的一路狂奔。记忆的镜头里，你们就像弱小的蝼蚁，正充满豪情地奔向自己未知的食物，和各自看不见的前程。实际上，那两辆大巴一直静止于此，你与它的距离直线不过二百米。两辆车足够塞下奔突而下的每一个孩子，但是，你竟有着强烈的惧怕，必须要以最快的速度靠近和登上那辆车。你真的担心，单单把你落了下来。在刹那间的奔涌和拥挤中，每个人都只顾着清点自己打包自己，生怕搭不上这样一辆车，落下这一步，就永远被甩在这个地方，会被定格在你们早就想离开的这片荒凉之地。

当年的焦急，经由梦的包裹，重又涌上你的心头，以至于你像被魇住了一样，总是以为自己醒来了，在奔跑、在飞踏、在奋力冲撞，却怎么也没法醒脱。你几乎要喊叫了起来。

这个紧张的画面，在你脑子里，成了一个俯瞰的漫长的镜头，你永远也跑不出去的镜像。

这一刻，它的涌来仿佛是要向你预告，生命洪水中卷走的某截木头，正等待巨大力量欲将冲向出口。而你回望那个来时的出口，却只能在梦里或者意象中。你再也不可能回到那个最初，不管是时间上，还是空间上。

那奔突的画面和那辆静止的车，仿佛为今天做着某种关键性的铺垫，它们之间的因果关系，有多明确，就有多虚弱，有多真实，就有多荒谬。

紧张，急迫，慌乱，惊惶，成为你总也无法醒脱的呓语。

焦虑和着急，让你穿过梦呓，来到这微明的早晨。

你不得不承认，你从来都没有真正遗忘过，也不可能真正忘掉。

你越是想要把它忘得一干二净，它却越加顽固地出现在你身体。就像你越是想在记忆中美化它，就越加清晰地闻到了空气中无处不在的煤尘，越发不可抗拒扑面而来满是荒凉的灰黄。它就像打进了你身体深处的刻度一样，它是你命途开始的地方，是你生命中无法摆脱的背景和底色。

甚至，还未醒来，这些就涌在了黑暗的床前。

刻印在你生命之初的经历，一些潜在的连你自己也不知道的，让你想起来却更愿意回避，或者当作发生在别人身上的事情，或者你以为忘掉的。此刻，隔着几十年的时光，化作一个个梦境，化作一个个不可抹去的语汇，借着黎明前的黑暗，来到你睡眠的末梢，来到你清醒前的蒙昧和混沌。就像暴雨后的洪水，总是泥沙俱下，浩荡而去，冲走了一些什么，填平了某些部分，又冲击出新的沟沟壑壑。

二

绿皮小火车沿途的停靠点，我从来没有记全过。我甚至并没有马上意识到，站点已经由过去的十五个变成了十个。

消失的站点有马莲滩、陶斯沟、柳树沟等等，这些地方我并不熟悉。虽说我从小生长在贺兰山深处的矿区，经常坐这趟小火车进出贺兰山。

贺兰山深处的煤矿最多时有几十家，甚至上百家，每个矿与每个矿之间，虽说直线距离不过几公里，但隔着层层山峦和条条沟壑，各矿之间的往来并不多。每个矿区自成一体，彼此之间像隔着大海一样隔着煤海。甚至有些煤矿的名字直到关停我都没有听说过。

马莲滩、陶斯沟、柳树沟这样的地名，之所以还能被我从记忆中打捞出来，也是因为它们曾是这条铁路线上的站名，曾经被叫了三十多年，甚至更久。

如今，这些深山中的煤矿多数已经不存在了，它们曾经被记住过或者从未被知道的际遇，不管重要或不重要，也就到此为止，彻底终结了。

沿途这些被取消的站点，多是煤矿停产，部队裁撤，人去楼空。因而被丢到了大山深处。

从过去全程五个多小时到现在四个小时，这趟在我记忆里最慢的火车，快了一个小时。站点减少，意味着火车提速，然而这更意味着一些曾经火热的煤矿，正在或者永远消逝了，曾经热闹的矿山一去不返。

马莲滩是紧挨着石炭井的小站，这里曾经驻扎着部队，从前从这里上下车的多半是军人或军属。爱人在刚大学毕业那两年曾数次去马莲滩探望他弟弟。弟弟在这里当了三年兵，这趟小火车成为他们，抑或是许多曾在贺兰山深处当过兵的人成长、记忆和情感的一部分。

小火车沿途经过七十五个涵洞、五十二座桥梁、十三座隧道。我是借助相关资料才知道的。我只记得这趟穿行于贺兰山的火车，要过的山洞很多。小时候，每次坐火车都会数山洞，可漫长的行途单调的窗外，让人数着数着就不耐烦起来，怎么这么长时间还走不出这荒山。

荒芜和刺目，仍是车窗外唯一可见的风景。蓝天下的焦白和灰黄一如从前，让我觉得眼熟。山石如此赤裸，地表如此干渴，车窗外的大山，似乎几十年前是这个样子，几十年后仍是这个样子。这从不为人所知的贺兰山的内里，似乎一直以来就是写满了荒芜和倾颓的不毛之地，在昭告着这片地域的一无所有和枯荒贫乏。

多少年来，小火车是开进贺兰山的唯一一趟铁路客运车。这条穿山而过的铁路线是宁夏境内第一条铁路客车路线。自1971年以来，这趟绿皮小火车一直穿行在贺兰山和银川平原之间，由银川始发，一路向北，终点止于贺兰山汝箕沟，每天往返286公里，有一半路程盘旋于贺兰山深处。半个世纪以来，火车在这条线上来来回回走了有五百万公里。这路程是不是够绕地球好几圈了？我没有算过。即使我算得出这确切的公里数，也无法计算出曾有多少人由这列火车上上下下，更无法计算出有多少人曾把多少时间、精力和情感留在了这条铁路线的沿途，留在了这大山的条条沟壑。

也许就因为这些无法计算的生命和情感的牵系，才令我再返身回来。

不得不承认，时间，既是对自然万物的沉积和包容，也是对人意念的勘察和考验。于我来说，对于一座山的认识，对于苍茫和荒老的认识，更像是生命的经验和呈现，需要用时间去接受和品鉴。

熟悉的一切从车窗外冲撞进来，从我的眼前一点点游移，一再撞击着我。只有在这里生活过，只有留有过去记忆的人，才会深切感知它与昨日细枝微节的不同——站台上少了偶尔熙攘的人们，半山腰山根下少了杂乱的碴堆和煤垛——贺兰山深处因此显出一丝少有的清净。而对于从未深入过贺兰山腹地的外人来说，这细微的变化，几乎是难以察觉的。

在地质学家眼里浑身是宝的贺兰山，看上去是这样其貌不扬，甚至粗陋。若在从前，将眼下家徒四壁式的荒野称之为风景，我一定会以为是对风景这个词莫大的讽刺。也许只有到了现如今的年龄，到了对生活有所经历、对人生有所体悟、对时间有所感慨的半百之年，才懂得欣赏眼前如此粗蛮荒芜的景致，才终于学会品知其中的况味——这西北特有的凋寂、苍凉，一直在以独有的方式书写和丰富着风景这个词汇。这风景中缺少花红柳绿，却并不缺少生命的绽放和情感的丰沛。整个贺兰山最为苍凉的北段，储藏着丰富的煤炭，存量不仅多，而且质量好，有世界上最好的无烟煤。可见，造化从来都是公平的，不会过于偏爱，或者过于厌弃这大地上任何一种存在，似乎它在给了贺兰山北段其貌不扬的外在时，特意给它安了一个蕴涵丰富的内里。这是上苍的平衡之术，也是造化的神奇所在。

三

就是这条路。

你总是在积雪很深的冬天，在寒冷的风雪夜里，到达这个几乎没有人烟的沟口。像是面临更大的挑战一样，每一次都要鼓足勇气，翻过这皑皑雪山，走一条在意念中已经要击倒你的，大雪封山后崎岖难行的山路，那寒冷瑟缩、漫长痛苦似乎永无尽头的山路。

你站在大雪纷飞的山腰上，茫然无措，在等一辆从山上火车站开往山下能直接通到考场的通勤火车。每次不是半夜就是凌晨，要等漫长的一个夜晚。夜间寒气浸骨，厚重的衣服和背包，简直冻成一块坚硬冰冷的石头。无论如何，你好像都无法在积雪的山上，在寒风和酷冷中苦熬一个晚上。痛苦而无奈中，你不断给自己鼓着劲，沿着山间并不算窄小的山路往山下走。

这条路因此更显漫长难行。

实际上，你并没有在积雪如此深厚的雪夜走过这条路，在冬季到过这个地方。

自你考上大学后，你再也没有走过这条路。

那条路只存在于生命中那特殊的三天。那条路在那之后一下子成了过去，是你极力想要翻过去的旧的书页。

有什么好记住的呢？难走不说，它从来都是被尘土和煤灰笼罩的一条充满坡度的山道。进来不容易，出去更难。

仅仅那样一个来回，你已经对它感到疲倦和厌恶。

但奇怪的是，梦里，你总是会一再走在这条路上，并且，它就好电影里通往西伯利亚高寒地区的路一样，有着比现实中寒冷和艰难数倍，令人心里生畏的困苦。

隔一段时间，它会不经意地再现。在梦里，它的重现，经过了夸张、变形、再造等艺术手法，已经不是现实中的那条路，更像是你意识深处的放大和重塑。

你在梦中走过这条路的次数，远远多于现实中的真实。深深浅浅的路，像影子一样隐没在夜间的街道和山前。

这条路化作一次次的梦魇，一再地试图反驳你围剿你。

四

车窗外的山和天，空荡晃眼。那些大山里曾有过的足迹和身影，如今在烈日下一片沉寂，重归虚空，令人心生恍惚。

一路所见的空寂，在别人，是可以当作稀罕来看的，在你，却总是伴随着一种难以言说的复杂和微妙。

只有在矿山里长大的人，才会知道曾有多少青春年华，多少情感经历，多少岁月风尘，化入这灰黄的山石，被山风刮来又刮走，刮进了时间深处。

窗外光秃秃的水泥站台，写有站名的白底黑字的站牌像孤零零的影子，一晃而过。

从前每一次坐这趟车，都是一路开着窗吹着山风，伴随着煤灰和尘土开向大山深处。而现在，下拉式的车窗只能打开一条很窄的缝隙，车窗和车身没有了记忆中总也抹不掉的煤灰。车厢顶上是一排摇头吊扇，最热的午后，吊扇会发挥一点作用。天热时用风扇，天冷时烧锅炉，这也是小火车跟过去的关联之处，这辆小火车没有空调，它的取暖仍沿用着过去的方式，以烧煤的锅炉取暖，也许因为它前往的地方，仍有着取之不尽的黑色矿藏——煤。

从一开始，这辆小火车就担任着矿区职工家属通勤车的角色，现在，它仍在艰难地维系着这一义务，承担着从银川平原到贺兰山深处的连接和打通。

没有多少乘客，列车长说，周末还多一些，平时就没几个人，绝大多数乘客在大武口这一站就下车了。

烈日下，车窗外越发深重的空旷和孤寂，仿佛是在回应着列车长的话。

小火车于山中绕来绕去，荒寂的山峦重重伸向远方，景色单调而重复。曾有那么一刻令人怀疑，这列火车永远也走不出去，永远也没法停下来。

小火车驶向的是贺兰山深处的百里矿山。这一百里内，如果算上从二十世纪八九十年代到二十世纪以来，地方、部队发展三产以及私企老板开采的大大小小的煤窑，大概有上百家煤矿。虽然同为百里矿区的生产单位，但是因为山大沟深，每家煤矿都仿佛一座孤岛，各自独立且封闭。而串起它们的就是这条运行了半个世纪的小火车。

在这条铁路线上，像柳树沟这样的煤矿小站，如果不是顺着站台深入腹地，没有人会知道那里有过什么、发生过什么。曾经的人和他们的生活，曾经有过的一切，都掩于深山沟壑之中，本来就缺少鲜明的参照和标记。现在，矿撤人走，重归大山，被大山吸收融化了。

其实，每个站台，都是贺兰山的一条沟口，顺着山口探向贺兰山深处的通道。

贺兰山有许多条沟，也有许多被称作沟口的地方，这些地方因干旱缺水，土地贫瘠。但只要有水一切便能生存。生物与水的关系就是这样简单。一旦有了水，沟口的冲积扇上、石头缝里，会长出一丛丛的毛茸茸的绿草，不管是远观还是近瞧，这时候的沟口都仿佛重现了原始牧场的风光，显示出令人欣喜的勃勃生机。

山与水只要达成默契，彼此之间就能形成生存的逻辑。这种关系，我们这些从小在矿区生活的人深有体会。地矿专家，那些在地下挖煤的矿工，对此更有着深入骨髓的认识。要挖矿，首先要了解水，了解在地下流淌了上亿年的水。挖开煤井之前，先要做好通风和排水，这是井下采掘技术至关重要的前提。地下没有光，但得有空气；地下四通八达的水系，对采煤者来说，有可能是致命的威胁。

每个沟口都是洪水的出口，也是形成山前冲积扇的地方。沙土，种子，以及瞬间逝去的生命，都会被洪水卷席冲刷至沟口，最终沉积于此。可以说，贺兰山的每个沟口，都是死亡和再生的交融之地。

五

一切都好像是一个必然的人生断流，一切又好像是现实和梦境的分界。

像你日常流水般的日子一样，每一次的重复不是加深，反而是一种习惯性的漠然和淡忘。你甚至想不起来，你从小学到初中到高中，那十一年的学习生涯，有什么可以分割得开的特别记号。没有。一如既往可以完全重叠在一起的日子，不同的只是你缓慢的长高，你身体深处无法言说的冲动，你不得不一次次有意漠视压抑的，来自身体内部涌积的青春。

唯独这一次不同，不只是因为换了个地方，连吃住都离家远了许多。

十八岁，你第一次去矿务局，第一次搞明白大磴沟这一站就代表着矿务局。

那是你中学时代唯一一次去矿务局。出了这个沟再绕进那个沟，山路的弯弯绕绕，令行路十分艰难。

七月初的那一天，高考前的一天，应该是大磴沟站台最热闹的日子。石炭井矿务局下辖的所有煤矿的近千名高考生都要集中在石炭井参加考试，特别是白芨沟、汝箕沟、大峰沟的孩子们，都会坐这趟车前来矿务局赶考。这多像过去进京赶考的秀才啊。你们称它为赶考，因为从矿上到矿务局这一路，并不像在银川城里从老城到新城这样便利和近距离。矿上到矿务局虽然直线距离不过几十公里，但实际的路程仿佛隔着十万八千里。

路还是那个路，一路扬尘，满是煤灰。

你依然记得铁路边的这道坡，坡下灰黑色的路。

只是，眼下的坡路远比你记忆中要低要短，不过三米左右的样子。仿佛这个老站台在岁月中并没有变得更加残破，而是在视觉上缩水了。一切都变小了，这个仿佛空中塔楼般的候车室，比你梦中的样子缩小了近一半。木格玻璃窗上是残留的玻璃，窗下的站台上闪着玻璃细碎短促的光。

透过露着尖茬的玻璃残片看向候车室，一眼望向对面的玻璃窗，视线一览无余。穿过蒙了灰的玻璃窗那角斜斜的光线，如今，它们才是这候车室的主人，是守候时间的常驻客。仿佛时间既制造着遗失，也孕生了另一种永恒。

你在换作异地但实际是一种延续的煎熬里，全然不知命运的前方是什么。你唯一的一次去，就是为了永远离开。虽然这只是你当时并不十分清晰的想法，却是矿区许许多多孩子对以后的期许，也是父辈们的愿望。

时过境迁，就如当初父辈们的来一样，到了你们这一代，离开，是奔向未来的坦途。

离开的记忆，便是从这里开始的。

当时，石炭井下辖七个国营煤矿，一二三四矿和汝箕沟、白芨沟、大峰矿，这七个矿除了一二三四矿围绕在石炭井附近，矿区之间有直通马路直通车之外，另外三个矿，每个矿到另一个矿距离都不近。离白芨沟最近的矿是汝箕沟和大峰矿，去一趟至少也得两三个小时。公路在山里绕来绕去，出了沟到了杨子沟口再驶向汝箕沟，一出一进，是迂回来去的山路。虽说建矿之初山路的开掘和铺设几乎是同步的，每个矿区都有公路通向山外以方便煤炭的运输，但矿区之间的交通并非通途。只要一说起矿上条件艰苦，后面必定要跟上一句——山大沟深。路途并不遥远，沟深才是距离。

矿区的孩子只能到矿务局参加高考，因为路途迢迢，高考试卷只能统一分发到矿务局。而于对矿区的孩子来说，三天的高考不仅有行路的问题。当然，行路的确是个问题。

当年并没有直通矿务局的班车。矿上的班车，只有两个行驶地，一个是大武口，一个是银川。大武口是离矿区最近的城市，那里有专为矿上农场还有煤矿家属设的居民点，还有煤机厂、洗煤厂等等，和煤生产加工有关的企业。银川是首府，是去外省的必经之地。坐班车去矿务局的话，必须到这两个地方倒车。几十公里，正常平地上一个来小时的行程，但是山路盘绕，上坡下坡，至少得三个小时。

在通班车之前，小火车是通往各个矿区的唯一路径。

在矿区，车和路的产生与存在，就是原本没有路，走的人多了便成了的路的现实写照。

六

大磴沟既是石炭井矿务局所在地，也是进入贺兰山矿区的地理标志。

地理学家把贺兰山主脉分作南中北三段。

> 三关口以南为南段，三关口至大武口为中段，大武口以北为北段。卫宁北山与贺兰山相连，桌子山属贺兰山的褶皱带，是贺兰山北部的余脉，贺兰山脉与祁连山脉同属阴山山系。贺兰山连同其余脉南北长约 600 公里，东西宽约 300 公里，面积 15 万多平方公里。（《宁夏百科全书》，1998 年，宁夏人民出版社）

百里矿区全部位于贺兰山北段，这一段也是贺兰山山脉中最为干旱植被最为稀疏的地带。

从大磴沟开始，铁路沿途站点的名字几乎都带个沟字，大磴沟、白芨沟、汝箕沟，还有正在消失的陶斯沟、柳树沟，每个沟都是一条矿沟，沿着沟口朝山里走，会在山间煤黑色的小路指引下，走向一个掩在深沟中的老煤矿。

如今，许多矿沟里已经没有什么人了，有的只留下过去开山挖煤留下的井口，煤矿职工和家属们住过的老房子，还有一些弃置的废旧开矿设备，风吹日晒，成为曾经有人来过征服过大山的标志。深山中越来越多过去红火的煤矿重归无人区，留下人们来过却无法带走的痕迹，成为大山深处被层层山峦遮蔽的过去。

贺兰山深处到底有多少条沟？如果不是借助资料，虽然从小在贺兰山里长大，我并不清楚。

十几年前，当时身为媒体记者的我多次到贺兰口采访贺兰山岩画，才确切知道了贺兰山有 127 个沟口，也才弄明白，北段贺兰山在整个贺兰山中并不是最高耸的，但却是最荒凉最干涩的。

北段由内蒙古乌海市乌达至大武口——哈不梁——马圈一线长约 50 公里，宽 20~50 公里，海拔 1500~2000 米，少数山峰海拔 2000 米以上，北段最高海拔为 2724.8 米，坡度为 15~30 度，山势较缓，局部陡峭，山峰孤立，山脊自南向北曲折而断续，断没于乌兰布和沙漠。

贺兰山北段东侧主要有 26 条沟谷，大体从南向北排列，依次为柳条沟、道尔沟、正谊关沟、巴达力瑞、毕立奇沟、敖包沟、赞特沟、二枣子沟、黑水沟、塔塔沟、大磴沟、白胡子、红果子沟、王全沟、水沟、小王家沟、大武口沟、苦水沟、韭菜沟、松树沟、陶思沟、白芨芨沟、归德沟、大风沟、小风沟，汝箕沟。（《宁夏百科全书》，1998 年，宁夏人民出版社）

初看到这些确切的地名和数字，反倒加深了我的陌生感，甚至有如遥远的从不曾熟知的地方。这些沟名，一大半我从不知晓，也没有去过。我根本不知道自己从小长大的山沟周边还有这么多有名堂的山沟，这么多叫得出名字的沟口。

从初中到高中，我的地理成绩很好，却也只是死啃书本死记硬背的好。地理，似乎从来都没有与我生活的地域发生过关联，地理，从来都是远方的地理。身在其中的贺兰山，和书本上有关山地的地理知识，似乎是完全不相关联的两个体系，它们并没有在课堂上，更没有在我的生活中、心理上发生过关联和碰撞。错开了眼前的现实和脚下的这片山地，地理书上的常识，只是遥远的白纸黑字。甚至于很多年里，我都误以为位于银川的小口子，有溪水有树林的小口子，与我们煤矿所在的山并不是一个山，眼前这难看的山只是产煤的山，只是我们这群人生存的山。这种认知在许多年里，都在人为地割裂着外在世界和生存之地的完整。

某种由来已久的错觉，此时竟令我觉得这趟老火车把我带到的并不是某个确切的地方，而是载我回到了十八岁，那个一晃而过、美好而懵懂的年龄。

七

三个短暂的夜晚。三个拼接的夜晚。也许那样的夜晚，对妈妈来说，是很长很长的吧。

你和姐姐，还有妈妈，挤在两张单人床拼在一起的大床上。在你，并没有失眠或者难以入睡，你专心致志应对考试，让你得以安眠在每一个异地的夜晚。第二天醒来，床照样被搬回原位，看上去就像昨天刚来时一样。床和床是独立的、没有关联的，人，也各自忙着各自的。

妈妈说，朝山媳妇的娘家太脏了，门都进不去，一院子的鸡屎，那些鸡随时出入，案板是黑色的，看不出原本的木头颜色。屋子里的苍蝇嗡嗡的，赶都赶不及。下午妈妈出去，傍晚就回来了，决定和你们俩挤一挤。顺便，她连路边的饭馆也找好了。

这是 1988 年 7 月 6 日，高考的头一天。

妈妈提前一个月就去了石炭井打前战。打听高考的地方，行程食宿的安排，等等。

往届的孩子都是这么过来的。提前一天到矿务局，住在矿务局招待所，矿上包两辆大巴，住和行都由矿上提前安排好。矿上每年的高考成绩都排在全矿务局前列。每年都有不少孩子考上大学大专。师资好教学好是一个方面，其他还有什么因素，没人探究过。

大山的闭塞，除了电影电视，世界的花花绿绿全部被挡在了山外，又全部的诱惑着你。此时的你不仅是自己，还集聚着父母的愿景和希望。妈妈总是一针见血地说，谁想在这个破山沟待，你们这代人不能再像我们这样，当一辈子"山狼"。总有人把山沟里的人叫"山狼"。这充满野性的定义，实际上在我们听来饱含蔑视和轻侮。

妈妈一再说，你们务必要好好学习，务必要考出去，务必要有个体面的工作，务必不能像你爸爸这样，在矿上当一辈子工人。

不知怎么，时过多年，你心里总是时时翻腾着这几个务必，它既是妈妈的重托，也日日幻化为矿工后代的人生目标。

妈妈的考察意义重大，食宿线路等等，她都心里有了数。她把期待落到邻居傻朝山的老婆秃子身上。秃子娘家在矿务局，离考生考试住的招待所也就五六百米。妈妈打算住在秃子家里，这样既方便省钱，也不打扰你们的考期复习。

然而妈妈去秃子娘家一看，就改变了主意。妈妈回来说，住不成，大倒是够大的，三间平房一个大院子，就是太脏了。这边做着饭，那边鸡就上了锅台，屋里院里都是鸡屎。秃子一家说话的声音，都是能架起房梁的大。

妈妈再没有细给你们描述秃子娘家的情况。秃子家的脏完全超出了妈妈的想象，一贯节俭的妈妈，最终决定和你们一起住招待所。

矿上的孩子们，分别住在学校早就提前包好的招待所，位于红光市场对面的矿务局招待所。一个房间三个人。你和姐姐各睡一边，中间夹着妈妈。屋子里还有另一个同学，你中学时代的好友玲。你不知道，是因为房间紧张到根本没有多余的，还是妈妈不愿意为住店花钱。那样三个晚上，你只记得除了抓紧时间考前复习，为第二天的大考准备；你只记得睡前抬床拼床，起来第一件事是抬床归位。

每天大巴要把你们准时拉到考场。你很奇怪，你对考场所在的地方一点儿印象都没有，你甚至都没有记住是哪个学校。也许，学校都长得差不多吧，也许是一心放在考试上，你根本没有在意过。心里的紧张和时间的紧迫之外，只剩下什么都退去的大片空白。

老师也都跟着来了，帮助你们进行最后的考前复习。有些孩子，夜里十点半老师监督下熄灯后，还要偷偷跑到招待所的路灯下复习。躺下睡不着，换了地方的不适，考前的焦虑，这些别的孩子有的似乎都没有在你身上出现，你不知道是不是因为妈妈在身边的缘故。妈妈在，就好像半个家跟着搬来了，你觉得心里是踏实的。早起梳洗完毕，妈妈从外面端来了豆浆油条。午饭也是这样，由妈妈到提前考察好的饭馆里，端一锅连汤带菜的烩肉。你只记得这两样饭，你只是一心一意地想着考试。

你只知道每天按照老师要求的时间，在招待所门前坐大巴，考完在考场前坐大巴回到招待所，如此重复的三天。沿途看到的街景和矿上不太一样，视野要开阔一些，街边的小集市人也熙攘些，除此之外，风尘仆仆简陋单调的色彩是那么的一样，杂乱而粗陋也是一样的。虽说路边多了些杨树，只是那些树都散发着煤尘笼罩的灰蒙蒙。

回去的路上，你不记得有初来时那样的奔跑和急促，似乎你在疲于奔命的考试之后什么都忘记了。记忆被一片空荡彻底抹去了。连续几日，每个白天连成的是巨大的空白。

那一年，你如愿考上了大学，姐姐上了技校，同屋的玲考上了中专。这个结果，虽然不是最好的，却也是让妈妈感到有回报感到脸上有光的。

让妈妈念念不忘的是，只有小学文化的她，以这样的方式，一起亲历了一次高考。

八

如果不是煤，何以有十万计的人口流向这荒凉的深山？如果不是因为沿途十余万（或者不止）的煤矿工人，何以有这辆穿行于贺兰山的小火车？

1958年，为满足酒泉钢铁公司对炼焦煤的需求，国家开始投资建设石炭井矿区。

石炭井区开发建设设计工作全面启动。来自全国各地支援宁夏的建设者，先后来到贺兰山腹地的石炭井地区开始了艰苦创业历程。在宁夏煤炭管理局的领导下，建设者土法上马，人拉肩扛，安装了两台240千瓦旧式锅驼机发电，同时修建了简易公路和矿区铁路专用线。1959年1月，在石炭井成立"代开煤田建井公司"，统管矿区开发事宜。5月，在中央的主持下，宁夏、内蒙古两个自治区进了划界工作，将"代开地区"（石炭井）划归宁夏平罗县管辖。11月，自治区同意在石炭井建立相当于区一级的县辖区。（《石炭井区志》，2008年，宁夏人民出版社）

这是地方志上有关石炭井历史最为简短的记录。

石炭井因煤设区。可以说，先有了煤矿，才有了石炭井矿务局，石嘴山矿务局。有了两个矿务局，才有了石嘴山市。

1971年11月，就在妹妹出生的那一年，就在我们全家从汝箕沟搬到白芨沟的那一年，平汝铁路建成通车，全长47.5公里，由大磴沟延伸经呼鲁斯太、白芨沟、大峰沟至汝箕沟。这条支线主要用于石炭井、汝箕沟等矿区的煤炭运输任务。为方便沿线煤矿职工家属的交通出行，绿皮小火车开始了它长达半个世纪的进山出山。

路是矿区的血管和神经，交通是矿区通向城市通向山外世界的动脉。这条通向矿区的客运铁路，这条通向矿山的绿皮火车，作为宁夏省内铁路客运交通的第一，源源不断地向山地深处运送各方资源，运送天南海北的人。这条路成了矿山跃动生命不息的血脉。

九

大小不同相对错落的山体，山间绵延的沟壑，顺着地势伸向了前方。山前地势平坦舒缓，山石散落，坡地向四周散开成扇；这里有成片的农田，有错落挺拔的树，有房舍有羊圈。

这是许多年后，一直停在我脑海里的沟口的景致。

沟口，仿佛一把界尺一样，把世界划成了截然不同的两块。一边是山风肆虐四野荒凉，一边是平坦开阔四季不同。沟口，是深山与外界的衔接和过渡，似乎还是某种意义上山地与平原的分野和界线。

在你离开矿区之后，你好像自然而然地忘掉了，沟口这个地理名词对你生命最初的全部意义。你好像早就准备着，一出沟口就像抛掉旧物一样地，把过去全部抛掉，一点也不留。把那些旧物旧事，全部关在沟口另一边的大山深处。

这个晨光微明的早上，你把生命中一直存在的关隘与实际空间上的沟口对应起来，生命体验和地理概念接续在一起，逝去和当下突然打开了那条幽暗封闭的通道。

当你意识到，你与沟口，贺兰山深处的某个山沟有着如此强烈不容忘却的深切关联时，你才第一次感到，它不只是你每次坐老式绿皮火车必经的荒凉小站，它还是十八岁那年决定你人生去向的人生路口，必经之地。它深深烙进你的生命轨迹，虽短暂却深刻。

　　你因此知道，每个硬邦邦的地理概念都是充满着生命质感和情感弹性的。就如同出生的年月日一样，它是我们来到这个世界的不可更改终生刻印的标识。一直以来，它隐忍且强烈。每当你刻意忘记或者你以为已经完全抹掉时，它就会以梦的形式，强烈敲击你的每一寸神经，作为一种潜意识牢牢地潜伏在你的身体深处，不经意间就要带你回返和重温。

　　当你对这样一个地理存在，完全抹去了本不该有的虚荣和刻意后，你才真正意识到它对你的意义，无可回避不可更改的宿命的意义。

我们的节日

一

没遮没拦的暴热，令人觉得就像掉到了火坑里。

2020 年 6 月中旬，午后，正是一天中最热的时候。

外面的热气和车里的高温，令我的感觉变得飘忽迟钝。

看前面——同去的伙伴说，路前方正对着的楼就是大武口洗煤厂。路的尽头，正中间是一栋晒得发灰的粉楼。午后两点多的强光下、热浪中，灰粉色的大楼好像一张立着的硬纸片，一时失去了建筑物的厚重。热流不断从地面浮起，在透明的空气中扭曲纠结，就像凡·高画中升腾的笔触，令人颇有梦中之感。

好像进入了仿真电子游戏机一样，似乎对着前方一直开，就能开到建筑的肚子里，开到了电子游戏里的秘密基地。

右手边是洗煤厂单身楼，单身还有刚结婚没有房子的都住这里。同伴的声音像是从外太空飘进来的，有种失真般的空旷，又像是游戏里的话外音、解说词。

车停在单身楼西北侧的空地上。空地上的树阴里，四个上了年纪的男人坐在小板凳上打牌，悄然无声，好像无声电影里的场景。要不是从厂门前东西向的马路上驶过拉渣土的大卡车发出了轰隆巨响，我真怀疑是不是走进了另一个梦境。

一片阴凉，我好像才清醒过来，真真实实地踏在了楼前的土路上。

大武口洗煤厂的厂区正对着大武口区贺兰山北路，厂区后面就是贺兰山。这里是先有了厂房，有了厂区，才有了这条路。端端立于中间位置的是当年的厂办公楼，楼是本世纪初建的，当时是全市最高的楼，也是第一部装电梯的办公楼，曾是大武口的地标建筑。这座十层高的办公楼被当地人称作纪念碑，大概是因为十层高的楼伫立于贺兰山路最顶端，远看真像是直立的碑，也许还因为这座楼是大武口当年第一高楼，确实是代表性建筑。除了这座主楼之高，远眺具有极为醒目的视觉效果之外，洗煤厂于大武口区于石嘴山市都有一种标志的意义。

2016 年 3 月，大武口洗煤厂彻底关停，宁煤集团将原大武口洗煤厂和宁东洗煤厂合并成立选配煤中心。

大武口洗煤厂的关停迁移，不只是一个厂子的变迁，更标志着整个石嘴山煤炭加工行业的一次重要转型。这一年，也是石嘴山市所有和煤矿有关的老字号工业产区命运转折的一年。当年 5 月，大武口洗煤厂与大武口火车站一起被列为石嘴山市工业遗产名录。连同其他二十五处工业遗产遗址，总计共二十七处。我曾经生活长大的地方，白芨沟矿也位列其中。

从这一年起，这些空置遗留的煤字号老企业，有了新的名目——宁夏工业遗产项目。未来，它们将要成为宁夏旅游家族的新成员——工业遗产旅游景区。这也是这座老工业城市转型发展、试图重新焕发新生的尝试和努力。

二

下沉的夕阳，将整个厂区涂上了一层淡淡的金色，高耸的车间散发着崭新的光泽，闲置已久的厂房设备仿佛被重新唤醒。我似乎隐约听到了车间里此起彼伏的机器轰鸣，回响着铁和煤的窃窃私语，在诉说着过去的人、故事，以及从前的一切。

那些曾经一点点丢失在了岁月深处的东西，在眼下这道注满色彩的光照下，似乎在以一种新的方式重现着，在书写着现在及可能的未来。

闪烁的夕霞令老建筑笼罩了一抹圣光，令我依稀恍惚，心生触动，令我突生出熟识之感。在这束霞光中，早年间的记忆悄然飘起，尘絮一般摇曳闪烁。

那些我几乎忘了的旧事，几十年前的画面，突然汩汩地冒了出来。

三

少年时有数的几次去大武口，多是与新年、与社火表演有关，与这个地方有关的这一点点记忆，多是带着这样的集体性的参与感。

毕竟老历年才更像新年吧，连鲁迅先生都这样说。

每到这个时节，心里究竟有一种与平日不一样的忙碌和欣喜。

矿上年年都搞社火。社火队，是由矿上的职工家属组成的，包括我们这些在校学生。跟现在城市社区的社火队以老年人为主不太一样，从前矿上参与社火队的几乎都是年轻人，高跷队、彩船队、舞狮队，参演的都是矿上的青工。

我从小学四年级起，成了矿社火队的一分子，有三四年时间。在校学生主要组成两个方阵，一是秧歌队，一是腰鼓队。我是秧歌队的一员，整个秧歌方阵有二十多人，仅有三四个男孩子。其实，我更愿意到腰鼓队。我总感觉腰鼓队有一种舞蹈的美感，虽说舞秧歌同样需要舞蹈的美感节奏感，我却怎么都觉得它土气。我一听到那首《八月桂花遍地开》，便觉得村里村气的，哪像腰鼓，全然是嗵嗵嗵的节奏。我不想扭秧歌，我想打腰鼓，打腰鼓多威风多好玩，动吧动吧动动吧动吧，我喜欢这个节奏，也熟悉这个节奏。可是，我却只能站在秧歌队的第一排，不停地随着锣鼓点踩着十字步，甩动着手中的红绸子。虽然舞起来那绸子跟火焰一样，可我就是不觉得扭秧歌有多美。

那时候我十岁。十岁的小女孩，判断一件事情、一件物品的好坏，全然不知道是哪里来的洋气还是土气的标准。而这洋气和土气，全凭感觉，似乎可以以此作为评判任何事情的标准。虽然一样迈着十字步，一样前进的步子大一点，后退的步子小一点，一样边表演边前行，然而，我就是觉得扭秧歌，一下子就让腰里别着小腰鼓的给比了下去。

不知道小小年纪怎么会有这样的偏见。

秧歌队和腰鼓队的孩子们是没有统一服装的，我们都穿着各自过年的新衣服，彩绸和腰鼓就是统一的服装。

过去这么多年了，我无意中看到一张二十世纪九十年代矿上社火表演的照片，照片上的孩子戴着各色的毛线帽或棉帽子，穿着不同的颜色花杂的棉衣，个个都像电影《秋菊打官司》里的秋菊和她的小姑子。那样二十世纪八九十年代小乡镇特有的土气，原来我们也是一样亲历过的，只是自己并不知觉罢了。

我几乎忘了秧歌队是怎样训练的，好像就是那样标准的十字步，只不过，加了起跳和队形的穿插变化。要舞出统一的齐刷刷的节奏，还要变化队形，对我来说，并非难事，我很快就学会了。

一开始有了这样的分工，便没有再做调整，我对腰鼓队的向往，也只能是向往了。

而那短短几年的参与，竟让我对社火这东西有了一种难以言说的情绪。说到底，是因为并不十分喜欢。但我却特别喜欢看彩船和高跷队里男扮女装的丑地主婆。我们表演完，站在边上就成了观众，每次看都会笑。扮丑角的是采一区的青工小毛，我家那片家属房的邻居。每一次，他的表演都有出人意料的地方，弄丑搞怪，次次都不太一样，脸上的表情丰富不说，肢体上的动作也格外夸张，挤眉弄眼，扭腰歪胯，让人觉得搞笑开心。

　　矿上的社火表演多是在大年初一下午，我们从矿上的采一区一直要游行到矿办公大楼。沿着矿上这条唯一的街道，一路走一路表演。锣鼓点一响起来，瞬间就点燃起了矿区过年的气氛，看热闹的人们从各个山旮旯里涌了出来、围了过来。

　　现在想想，那样一支花花绿绿的队伍，虽土却热闹，虽简陋却花哨，真的是矿上的一景，是让旧历新年最像新年的一景。

　　贺兰山里，每年下雪都早，每年都会下上几场大雪。大片的雪白遮盖了矿区的杂乱，让冬天的矿山有了一种难得的素净。冬天特有的素白下，这样一支锣鼓震天的社火队伍，花花绿绿五彩的颜色行走在矿街上，真可以说是新年最好的装点。

　　到了矿办公大楼前要停下来，各个方阵要做一番表演。与其他几个方阵不一样的是，我们秧歌队表演时是有音乐的，一辆卡车上，架着大录音机，录音机前还架着大喇叭。八月桂花遍地开的歌声一响起，我们便挥舞着红绸，变换着队形，好像真的要舞出八月的桂花香。尽管我们这帮孩子谁也不知道桂花长啥样，更没有闻过桂花的味道。但穿着过年的新衣服，舞着红绸，那样一个红火的场面，一切的热闹喜庆就是补偿。围观的人们不断从各个沟壑里涌出来，一圈圈地围着，抱着孩子的，扶着老人的，呵，真不少呢。

初一的热闹欢庆，代表着这一年的热闹欢庆。

我对于舞社火，并未有太过寒冷的记忆，大概都是在冬天下午的大太阳下，舞得时间并不长，再者总是穿着过新年的新衣裳新鞋子。在矿办公楼前一场，在我家楼后的马路上再有一场，有时候还会到南二的家属区再来一场。

三场社火舞下来，热闹便传遍矿上的千家万户，新年的新气象也就传遍矿山的沟沟坎坎了。

四

矿上的社火表演，不只要在矿上表演，还要四处流动，大有发扬光大的意思。每年都要先到大武口，到位于大武口的卫东矿一居民点二居民点还有洗煤厂表演，然后再到银川。

大武口一二居民点，多是我们矿农场的职工和家属。社火队沿着110国道，沟口公路一南一北两个居民点各表演一场，时间富余的话，再到洗煤厂前表演一番，然后顺着洗煤厂前的这条路就回矿上了。到银川，则是出了汽车站从南门沿解放街一直表演到煤炭厅。

每年到了大年初五，还有正月十五，我们的社火队必要到大武口还有银川去。

我当时并不清楚，为什么要跑到大武口和银川这两个地方表演。

从一居民点到二居民点，一路表演过来，我现在竟全然不记得什么了。不是我表演得有多投入，更多的是觉得累，走得脚累，甩绸子甩得手累。带着种种的疑问，还有一丝未缓过来的疲惫，紧随着社火队伍最前方锣鼓的节奏，我一边扭着一边前行着。我连当年表演走的是哪条路都不记得了，只记得每次到最后都是又累又饿的。这样的累和饿，更强化了一开始就有的不解，为什么要跑这么远的路给这些不是矿上的人表演呢？我只是疑惑，我们的表演在装点着别人的街道，是在为别人的生活增加一点也许是多余的热闹。

我还记得每次外出表演，带我们学生队的金老师对我很好。出发前，我妈总是会对金老师有所嘱咐，说把我交给金老师了。我们两家是河北老乡，金老师跟我爸又是矿宣传队多年的老队友。现在，她还是我的老师，我们学校课外文艺活动的组织者兼指导老师。

整个表演队伍里，只有我跟金老师是回族。每次外出演出，吃饭就成了问题。别人都是提前就安顿好大灶，只有我俩，常常只能吃一点馒头稀饭和咸菜。每次吃饭的时候，队伍就剩下我们两个人。金老师带着我，特意嘱咐居民点职工食堂的大师傅，一定要纯素的，甚至带着我到后厨自己上手，不过是为了吃口热粥热饭。每次回来我妈来接我时，一定要把钱和粮票交给金老师，两毛钱四两粮票。金老师说什么也不要。她们俩来回推让半天。开学报名的时候，我妈又让我装了两毛钱四两粮票交给金老师。金老师说，你妈也真是，就这么点事儿，非得分这么清。

每次不管是去大武口还是银川，都得一大早出门。五点半就起床，六点集合。冬天的清早，六点天还黑得像夜晚一样。我们全部都在矿长途汽车站的小候车室候着。七点准时出发，这一个小时是用来化妆的。我们所有学生的妆都由金老师化，脸上要打粉底，眼睛要画眼线，眉毛要加重，嘴巴要涂口红。化妆所用的材料都是矿学校宣传队上台表演时用的化妆品。所有人化完妆就完全变了个样儿，有了一种要登台的样子。化好了妆，也就到了出发的时间。车上是没法化妆的，因为太过颠簸。我们坐着通轿车，从矿上到大武口得两个多小时的山路。

在一居民点表演完吃完了饭，要补妆。饭前，金老师会叮嘱大家，吃饭的时候要注意，别把妆蹭花了蹭没了。于是，有的女生噘着嘴，小心地用筷子往嘴里送吃的，尽量不挨着嘴唇。可是，大部分人还是会多少蹭掉一点。至少口红和腮红还要再上一遍。于是吃完饭，大家自行排队，等金老师补妆。粉扑在脸上拍一拍，细细的短毛小刷子，在上下嘴唇再走一遍，于是，一个个小脸上又红是红白是白了。

补了妆继续前行，再去二居民点表演。我们一群大人孩子，浩浩荡荡地又出发了。

如果说到大武口去表演，在我那个年纪，还勉强可以理解，毕竟一居民点二居民点住着矿农场的职工家属，跟矿上还有些关系，可为什么要去银川表演呢？每次出门表演社火都是带着这样的疑问，表演完了，再带着疑问回来。

从矿上到银川，这条路有多远，走了有多久，我全然忘记了。不记得是因为每次一坐到大轿车上便睡着了。有人大喝一声到了，我才一觉醒来。

那一年我初一，十二岁，对于这样的表演，心里生出的更多是厌烦。十二岁的女生，从前朦胧的不喜欢，变成了越来越强烈的厌烦。

厌烦的情绪，第一次表现在对待自己的妆容上。以前觉得红红白白的脸，和平时不一样的脸，看上去令人那样的欢喜，觉得黑白红三色调出来的脸是那么的美。现在，这张脸仍是浓眉大眼，嘴唇红艳，两腮桃粉，带着强烈的喜色。但是，表情却是沮丧的，浓黑的眉毛越发显得耷拉，红艳的嘴角撇着，紧巴巴的一张脸。我和小华跑到人少的地方，互相帮忙，彼此擦对方的脸。因为没有镜子，她给我擦，我再给她擦，用两手先把腮红擦掉，再擦眼睛和眉毛，最后擦嘴。找张纸，随手装的上厕所的报纸，撕下一角，放在两唇间咬一咬，油红的嘴唇，不那么发光，红得也没那么扎眼了。擦过的脸，多少还留着一点化过的痕迹。如果全都没有了，金老师会发现，要再补上的，不仅要补妆，还要挨顿训。

好了，这下好多了，刚才难看死了，"山气"死了。

从前红的白的色彩鲜艳的脸，现在被视为丑。土气之外，我们最怕的是"山气"。

我们站到了队伍里，尽量不让金老师发现，当然，发现顶多也就是说一句，脸上的妆咋都没了？一旦走起来跳起来，金老师是没有时间来补的。或者，即使有时间，化了一上午的妆，金老师也早烦了，算了算了，跟你们说了多少遍了，让你们保持住。一句抱怨也就过去了。

所以，擦的技术重要，时机也很重要，要么让人看不出来，要么，即使看出来也来不及再补。

这样，我们自己觉得自然多了，至少不像是戴着一张假面似的，行走在这条满是陌生人的街道上。

这条街是解放街。我们的表演，总是从南门广场开始，一直走到西门，这样一条漫长的路。我们在这条路上的表演，不像在大武口沟口路上的表演，令我全无印象。只是，这印象还不如没有。

路两边围了不少人。穿着新衣服的银川人，穿着新衣服看着我们表演的陌生人。我们在用我们的社火表演，和银川人一起庆祝新的一年的到来。看客的队伍里，突然有一个男声高喊，哎，快看，这是哪儿来的"山汉"；这声音还在喊，这是哪个山沟里来的"山狼"，耍得有点儿意思。

有人管我们叫"山汉""山狼"。而我们这群"山汉""山狼"如此卖力地敲着腰鼓，扭着秧歌，如此用心地舞着狮子和旱船，踩着高跷，在为这些喊我们为"山狼"的人庆祝新年。在他们眼里，我们不过是群没见过世面的"山狼"，给别人热闹看的"山狼"，一群化着妆的难看的"山汉"。走在队伍外侧的我听到这句话时，简直是又羞又恼。我边跳边转过脸去找那个叫我们"山狼"的人。但是全然看不出是谁在嘲骂我们。他们个个很高兴，对队伍里的人指指点点，高跷队里小毛扮演的丑婆姨吸引了他们。丑婆姨穿着一身绿绸子的棉袄，耳朵上挂着一根干红辣子当耳环，手里还举着个烟袋锅。笑声完全掩去了刚才那声刺耳的"山狼"。

这是我最后一次参加社火表演。

五

矿上的社火表演并没有因为少了我而有什么变化。打腰鼓，扭秧歌的孩子又换了一拨，每年还是在固定的时间、固定的日子表演，在矿上，初一表演一场、初三一场、初五十五，依然要到大武口去到银川去。

什么时候再不去的呢？我全然不知道。大概是我上大学，大学毕业以后了吧。我并没有留意过，更没有细究过。

每到这时候，我妈听到锣鼓一响，仍会很兴奋跑到房后，站在拦洪坝上，和邻居们有说有笑地观看着评点着。因为有了社火和鞭炮，矿上的年才过得像年。这便是社火最显见的好处。

装着锣鼓的皮卡在前面慢慢开道，后面依次是社火队伍。耍狮子的在最前，跑旱船的紧跟在后面，然后是秧歌队腰鼓队，耍龙的在后面，接下来才是踩高跷的小丑。不参加秧歌队之后，社火队的表演我多半是趴在我家二楼的后窗子看的。

在二楼看这支社火队伍慢慢走过，我才发现以前在这个队伍所没有注意到的，这才发现，原来我在这个队伍里时，总是既走神又专心。走神，是担心自己的样子很土很丑；专心，是因为除了十字步之外，我们的队伍是要变队形的，并不是一直就这样一成不变的。变队形的时候，脚下手上也跟着变了，不走十字步了，走平步，举手，穿插，再举手再穿插。不管在想些什么，动作不能忘，队形不能乱。

趴在二楼窗前，街面上的一切全在眼里。披着狮子装的黄狮子，穿的竟是皮鞋，在白雪覆盖的马路上，皮鞋黝黑锃亮。舞狮子的张叔和陈叔是我爸的同事，跟我们小孩子一样也都是穿着新年的新衣裳。穿着皮鞋的狮子很顽皮，一会儿转过来，一会儿跳过去，头扭来扭去，两只狮子八只黑皮鞋，踢来踢去，反着光。舞龙的全是军绿色的劳保球鞋，大概是因为龙头龙尾要不停地奔跑。跑龙尾的都是年轻人，就因为耍龙耍的就是龙尾，龙头小步跑，到了龙尾，就变成了大步的腾挪。高跷队的人走得漫不经心，有的抄着手，有的抽着烟，完全不似到了外面市区的街面上表演时那样的一本正经和用心卖力。秧歌队和腰鼓队换了一拨比我们年级低的孩子，仍是白球鞋，看上去像雪一样冷的鞋，那鞋里多半垫了两双鞋垫，当年我就是这样。薄薄的球鞋底子，不仅滑还冷。这样穿只是为了显出队伍的整齐统一。女孩子穿着各种各样的新衣服，多是红的，颜色不同的红，深的浅的，素的花的。绸子扎在鼓囊囊的棉袄外面。这身厚墩墩的棉衣裳，更显得白球鞋的单薄和冷。

而我也是这样穿了四年，表演了四年。红的绸子白的鞋，红的腰鼓白的鞋，这会儿竟更加觉得它丑和简陋。

让我想想，当年的我怎么就成了秧歌队的一员，似乎是被老师点了名。我不记得了。我只记得那时候，小华比我高一级，她上五年级，我上四年级。后来，小学升初中，她没有升上学，留了一级我们便成了同学。我们两家做了多年的邻居，我们的妈妈在一起共事多年，我们是从小一起玩大的。小华在腰鼓队，仅仅是因为她个子比我高吗？我不知道，我总觉得腰鼓队的女孩子显得比秧歌队齐整，全是个子高挑的女孩子，而秧歌队似乎是被挑剩下的，大大小小，高矮不齐。这也是我不想待在秧歌队的原因。

我对爸爸那点艺术细胞的继承，在少年时代，只是表现在这仅有的社火表演上。姐姐没有参加过社火队，妹妹似乎只打过短暂的一年的腰鼓，仅限于在学校表演。年节时的社火表演，他们俩都没有参与。没有参与是因为，姐姐妹妹跟爸爸一样，每年大小节日都忙于文艺汇演。姐姐是学校文艺队的主角，每次必有一场独舞，集体舞蹈更少不了，还有那种亦唱亦跳的表演唱。妹妹呢，是校乐队的成员，要伴奏要演奏要排练。我呢，既不会跳舞，也不会乐器，就这样莫名参加了秧歌队。

这倒也成了我绝无仅有的文艺经历。

六

从前矿上的节日，说起来，跟农历节气有关的，似乎只有春节。也许因为那时候，其他传统节日既无假期又无特别的庆祝，只有春节时矿区有特有的庆祝方式。因此，矿上的春节至今深深地留在我脑子里。

过去矿上的节日，常常带着那个时代所特有的集体的参与性和朴素的娱乐性。比如，春节的社火，再比如，五一国际劳动节的表彰汇演，六一国际儿童节的游行演出，等等。

我印象中，在矿区，除了春节，公历的节日比农历的节日要多，也更像节日。

五一的时候，我们矿毛泽东思想文艺宣传队和矿子弟学校的文艺宣传队，会到矿办公大楼前和采煤一线宣传安全生产。快板、相声、独唱、小合唱，这样的节日带着浓浓的宣传教育色彩，却也不乏喜气洋洋。有时，还会有北京或者银川来的专业歌舞团的慰问演出。这样的日子，总是会生出与平常完全不一样的节日气氛。

六一的时候，我们全校的孩子都去游行，从矿子弟学校的操场一直走到矿办公楼再到采一区采二区，以游行的方式，和全矿人民一起庆祝这个属于孩子的节日。除此，矿电影院还会放一场诸如《红孩子》《苦菜花》之类的革命电影。我记得上小学时，连续三年包场电影《苦菜花》，年年看同一部片子，电影里的歌曲《苦菜花开闪金光》全校的孩子几乎都会唱。六一这一天，或许还会有一台矿中学和矿小学的联合汇演。游行、演出、看电影，总不外乎这样三种庆祝节日的方式。偶尔一两次，老师还会给我们安排以爬山为主题的春游（虽然已经夏天了，可是四面荒野像是春天才来似的）。节日因此总是被填充了与平常日子不一样的喜悦。

打我记事起，我们家对种种节日都比较淡薄，可有可无、可过可不过。大概是妈妈嫌麻烦，爸爸又常常想不起来。也因此，在我的记忆里，所有的节日都如此这般和普通日子混同，没有什么特别的记号。邻居家做花馍馍包粽子煮红皮鸡蛋，似乎只突显出甘肃人浙江人还是山东人之地域的差别，习俗的不同。矿上的人家来自五湖四海，别人家带着各自老家地域特色的传统吃食，妈妈一概不会，似乎也没有时间没有兴趣去学去做。而不得不承认，许多传统节日若少了吃，少了吃的过程，年少时的记忆便如山洪冲刷过的土地一样，似乎什么都不可能留下来。

所以，我小时候对于过节的记忆，多是矿上集体的欢庆。除了春节，五一、六一，甚至三八国际劳动妇女节、七一、八一、国庆节，矿上都会组织集体庆祝。这些节日都跟农历没有什么关系，跟农业的传统没有什么关联。单是看看这些公历节日的来源，诞生的时间和时代背景就知道，它们跟中国的农历节日是完全不一样的。公历的节日，似乎总是跟国际社会、国家意志有关，跟人类社会的现代化历程有关，可以说，完全是现代工业文明的产物。

比如五一国际劳动节，来源于 1886 年美国芝加哥工人大罢工，从此，八小时工作制被陆续写进了欧美国家的法律，每年的 5 月 1 日成为国际社会所有劳动者的法定假日。六一国际儿童节设立于 1949 年 11 月，它的主旨是保障儿童的生活保健受教育抚养权等权利，源于二战期间发生在捷克利迪策村惨案和因战争死难的儿童。这个节日跟新中国同龄。而三八国际劳动妇女节的全称是联合国妇女权益和国际和平日、国际劳动妇女节，仅仅看看它的全称便可以知道这个节日的来历和主旨，它最早源起于二十世纪初美国服装女工的总罢工。

五一国际劳动节、六一国际儿童节，还有三八国际劳动妇女节，所有的节日前面都贯有国际，意即是超越国界的节日。而七一、八一、国庆节，都是跟新中国的成立有关的节日。

如此说来，从一开始，这些现代节日的设立，就与过去传统农业节日的诞生不一样。这些被赋予国际名号国家性质的节日，更多出自现代城市社会秩序和平等权利的需要，是现代社会现代意识的产物，它强调的是人在社会中的政治处境和社会地位。而传统节日，多来自民间的约定俗成，与农业时代耕作收获，与土地有着直接关联，是土里长出来的。

现代节日，无关土地和宗教，但关乎阶级关乎人群，关乎人的最根本的生命权利、社会权益。这种权利，无需借助神界神力，是人类的政治属性和社会权利的自主表达。它是阶级斗争的体现，是对权利的争取，是对社会不公的对抗和战斗，它是社会文明发展的结果，是人类社会不同阶层对立抗争彼此妥协的过程。所以，从一开始，它就不是温情脉脉的祈祷，更不是浪漫主义的继承，它极富现实主义，不是农业时代顺应其变的自然主义，而是据理力争的现实需要。

至少，现代节日的设置，初衷和主旨是强调平等权利，劳动权利的平等，社会地位的平等，性别的平等，年龄差异的平等，等等。这种平权的要求，从一开始就无意借助任何宗教的神力，它是人权的赤裸裸的宣言。这是伴随着蒸汽机的发明使用，工业技术发展革新，人类改造自然的能力不断增强，从而得以强化的。可以说是不折不扣的工业文明的产物。

我不知道这推断是否有道理，毕竟我不是工业文明的研究者，也没有对人类节日的起源发展做过系统研读。而我也无意在此探讨人类节日的变化。我想说的只是，我从小就是在这样的氛围里长大的，我对于年节的印象，除了春节里可以放开肚子胡吃海喝外，记忆最深刻的便都是这些无关土地无关血亲家族的，被赋予了种种工业色彩的节日。

七

过了春节，就是二月二龙抬头。龙抬头要剃头，这个节日的传统习俗及其文化内涵，我在上了初中以后才略知一二。

我们的头发从小到大都是妈妈给剪的。关于过年剃头死舅舅的说法，我当然是听说过的，但是从来没有在意过。过年留给我的记忆，就是能吃到平时轻易吃不到的带鱼和牛羊肉。每年春节，作为职工福利，汉族分猪肉，回族能分到带鱼分到牛羊肉。仅此而已。

日子过得如此贫而乏。不，也许仅只是我们家的日子过得如此的贫乏，邻居家多多少少总还是讲究过节的。

蒋姨，从宁波老乡那里借了水磨磨江米，自己和了糖馅包元宵；端午，除了包粽子，还要特意煮红皮蛋。小华家端午要做蒸糕，中秋时要蒸花馍，还用那古旧的几乎看不出木本色的模子做月饼。这些自做的食物，除了好看好吃之外，过程充满了仪式感。这仪式感本就是过节的一部分。然而妈妈不会做，又颇嫌麻烦费事。所以，我们家过节，要吃元宵月饼，总是在商店里买现成的。而买来的吃食，不管是元宵还是月饼，馅料一概的死硬又齁甜。

所有的节日，都过得如此这般的粗糙潦草，也许，在那个时代，有相当一部分人，比如妈妈，或者像妈妈这样矿上的职工家属，反倒以为这样就是新时代的新风尚吧。又或者矿区的粗犷简陋，无形中造就了妈妈简单粗放的生活习惯，让多年来生活于矿山深处的爸爸妈妈，早就习以为常了。

因为过于简化和潦草，年少时，传统节日留给我的，从来都是另外一种感受，对我来说，就是一种停留于字面的常识或者知识，而不是一种自然而然的生活方式。反倒不如五一国际劳动节、六一国际儿童节来得印象深刻。虽然，儿童节并没有什么固定的可赋予文化内涵的吃食，劳动节也是，但这两个节日，却意味着放假与欢庆，玩乐和热闹。

这也许就是现代工业社会节日的本质，它提倡在劳动的同时有休息的权利、有娱乐的需要，以节日的方式关注关爱特定的人群。当然它所提倡的休息，不是按照季节，不是日落而息的休息。因为劳作不是日出而作的劳作，不是春耕秋收冬闲的作息，而是随着机器一天二十四小时运转的劳作，一年三百六十五天永不停歇的运作，所以，休息便不是由白天黑夜春秋四季自然规律所决定的，而是机器一直轮转中的暂停，是要由三班倒、轮休制来强制执行的。

于是，集聚，欢乐，庆贺，便是这些节日最突出的主题。

过去活跃的厂矿文化以节日的方式留给孩童时代的我，一种难得的单纯和欢娱。这种欢娱伴随着成长，让逝去的岁月裹上了一种美好的色彩，这色彩弥补了矿区外在环境的恶劣和荒芜，投给心灵以美好，根植于我的记忆和人生早期的精神世界。

这也许是许多在矿区生活成长的人，共同的美好记忆。这也是我们常常会怀旧、会怀恋那个时代，那个在深山里的日子最根本的缘由。

然而时过境迁，那时所感到的快乐，并不可能复制到今天。

因为那是你年轻时甚至你父母亲年轻时的情感经历，那里寄放着无法重现的曾经的岁月。所以，有人说，故乡作为具体的地域空间，总还是可以回去的，但是年少时代，却义无反顾地永远离去了。似乎今天我们所怀恋的回不去的故乡，其实并非地理意义上的某个地域，而是时间概念上的某段年华和情感。

但这样说，也许显得太过绝对，没有人能把时间和空间截然隔开，时间的意义总是要附着在特定的空间，年华和情感总是和某个空间有着不可分割的关联。

八

2020 年 10 月 2 日，我再次乘坐绿皮小火车，就是为了感受一下，节假日里这列老火车和它前往的大山深处有着怎样的氛围。

火车上每个车厢差不多都坐满了，这在平时是少有的。只是一到大武口这一站，下去了多半乘客。

大武口站是这辆小火车从银川始发后的第六站，它和平罗站是这列车经停时间最长的站。

眼下的大武口火车站站台已经与三个月前不一样了，整个站台从北往南移了千余米，从原来贺兰山边移到了原大武口洗煤厂的最北边。这样一方面方便了仍要借助小火车出行的人们，进出站不用再绕路；另一方面，根据石嘴山工业旅游的规划，大武口火车站与原大武口洗煤厂旧址完全相融为一体，成为今天以及未来石嘴山市旅游的新目的地，也许还有望成为未来宁夏工业旅游的新地标。

一墙之隔的站台上，可以看到原大武口洗煤厂部分主体建筑，斜井式的运输带、高大的储煤仓。灰旧的砖墙墙体上有了漆色鲜艳的涂鸦。一行红色的大字清楚地立在斜井式的运输舱墙体上——好人好马上三线。标语颜色鲜艳，一看就是刚刷上去不久。

空置了四年的洗煤厂厂区，变身为工业遗址公园。站台内传来节奏鲜明的音乐声，隐约可辨电贝斯的声音，在回应着十一长假的热闹。刚刚变身为工业遗址公园的洗煤厂厂区内正在举办文化旅游艺术节，艺术节特邀流行乐队正在演出。整个园区弥漫着浓郁的节日气氛。

车站站台内外，乐音袅袅。

过去终于彻底成为了过去。

九

由树变石，由木成精。历经时间的修炼和进化，远古的树木变成黑色的煤，成为深埋地下的火种。

人的步履，追逐着煤的踪迹。

当人来时，山的完整被划开了，煤从地层里被挖出来，矿山的时间开始了。

当人走时，煤矿的时间停滞，山体回归浑然。

人们来了，来的时候，满怀战天斗地的希望；人们终还是走了，在失意遗憾、百感交集中，走向了新的热土，开始新的拓荒。

这一来一走，一些人一些事，永远地留在了大山深处。

如同煤的沉积，沉入时间的缝隙。

煤的宿命（代后记）

　　煤有多重要，这似乎是一个小女孩所不知道的，也无从知道的。

　　"英国成为全球第一个工业化国家，其中一个客观因素是它拥有丰富的煤炭资源，不仅如此，两次世界大战中，丰富的煤炭资源明显增加了英国的战略优势，也正是凭借煤炭资源，英国在两次世界大战后能很快恢复元气。"

　　这是历史书上的记录，也是不容否认的事实。

　　不管知道不知道，现代工业社会，一切因煤而生的历史，是任何人也无法否定的。煤在早期工业革命所占的重要位置，对于世界经济的推动是众所公认的。

　　而历史又是相似的，不管是欧洲还是亚洲，不管是英国还是美国，不管是资本主义还是社会主义，现代工业革命的开始，得益于动力机械的发明和改进，始于地下矿藏——煤的利用，始于人类对地下能源的大量开掘。这就好比农业的发展，始于对土地的开发和收获。工业亦是如此，是另一种对土地的开发利用，只不过，这土地并不是地表的沃土，并非一眼望得到的田野，它在地球的深处看不见的黑暗之地。

对于矿山的开发，一些史志书上会缀上一句，不占耕田。许多煤矿的确是不占用耕田的。

很难想象那里从前曾是草原沼泽，更难以想象那曾是森林大海。目光局限于此时此地，你能看到的只是被荒山遮挡的荒芜旷野。

丰茂的绿色和一望无际的海洋，遥远得像个童话，远古的童话。

这童话暗藏于石缝之中，留存于地底深处。你稚嫩的目光是无法看到的。

你能看到的只是荒凉，还有源源不断地从地底被挖出来的黑色的石头，可以让人吃饱肚子可以让人抵御寒冷、让人拥抱光明与温暖，然而让你一度又爱又恨的煤。

自古，贺兰山是兵家必争之地，历史上发生过无数次对它的占有争夺。因为占据了它，就意味着守住了通向中原的门户。冷兵器时代，贺兰山的山体，山里的石头就是掩体，是战争发生的战壕与屏障。

时代变了，山中的石头成了众人瞩目的资源和猎物，石头成为能源，成为生产能量，成为富有财富意味的社会动力。

抛却功利的目光，贺兰山的石头自诞生就闪现着一种神奇。它上过艺术的天堂，也进过人间的灶膛。它生有闻名于世的贺兰砚，也有炉膛里燃烧的太西煤。

作为艺术的石头，它似乎是停在金字塔尖的位置，是塔尖上的明珠。而作为灶膛里即将燃尽的灰，这样的境遇，作为人类的我们究竟该如何形容它？

贺兰山的黑色石头，其存在感比人赖以生存的粮食还要丰富得多。煤块，煤面，煤渣，它存在人世的形态几乎跟粮食一样，就像人们吃的米吃的面一样，形态各样，甚至它的使用和加工比粮食还要丰富。自煤被发现以后，被从地底挖出来以后，煤便被分门别类用于不同的场合。比如，煤面可以和成蜂窝煤、煤饼、煤球。甚至可以像粮食加工成酒一样，把煤变成液态（油），甚至气态（气）。这感觉就像面粉能做成馒头饼子，做成面条一样。人总是会想尽各种各样的办法，最大的消化它吸收它，让它产生最大的能量。

煤与粮食，这一黑一白两种截然的存在，原本并不相通的使用途径，却令人产生种种相似的体会。

这是煤于人，于人的生存，对于我们这群人活下来的重要性。

煤由远古的植物，化成石头，再由石头变成油变成气。固态，液态,气态,煤就像经历了三世,三世经历不同状态,像粮食一样,总是以不同形态被利用被榨取。

也许,原本,煤就是世界的粮食,就是推动世界发展的力量。

很久以来,神话作为东西方文化的渊源千古流传,有关火种的神话世界各地都有,影响深广。马克思论著里提到的唯一的神与神话就是普罗米修斯和普罗米修斯的故事。

令我纠结的是,一个采煤的人是普罗米修斯,还是煤是普罗米修斯?如果说煤是,其宿命跟普罗米修斯一样,从沉积地下,到被开掘,被填进炉膛,化作灰烬,经历了漫长的历练,最终是一场幻灭;如果说采煤的人是,那是因为采煤过程中,挖煤的人经历了一种他人从未有过的煎熬——深入最黑暗的地底,把火种运出地面,把光明和温暖举到人间,带到需要光和暖的地方,带到有人的地方。

我不知道,也许煤和采煤人都有着某种一样的内在。

而有关煤的神话,不仅是盗取原始的火,而成了创造现代神奇的开始。

煤的历史进程远要比人的历史进程久远得多,它有着深远的历史沉淀。在五六亿年间,它经历和记录了地球的巨变。煤是有着博远的空间的物质,它无处不在。自它被发现的那一天起,就和我们人类的生活息息相关。当它以层层压叠的石头的形态存在时，被我们踩于脚下，采于地下，为我们所用；而当它被采挖出来，走得比我们还远。每一次的工业革命，诸多惠及人类社会的工业技术发展，煤都首当其冲。

一直以来，煤扮演着人类探索能源科技和世界未来的媒介。

它的命运，似乎是跟我们人类一样的，它在燃烧自己的同时创造了价值。只是它比我们更长久，它来自地球远没有人类的远古，能够到达我们人类也许永远到不了的远方。

煤的宿命在于悄悄创造奇迹，以盗火者的步伐探索生命，走向未来。

世间每诞生一个新的物质，对另一个世界来说就是一种毁灭。如果煤有生命，也会有此感悟。

如果把煤五亿年的生命历程化作一年，化作和人一样的生命的话，煤也一定会感慨世事无常。

突然没来由的一次地质活动，大片植物卷入地下，经过炼狱般的历程，鲜活的植物变成干枯的石头，柔软的绿色变成坚硬的黑色。从一种存在变成另外一种物质，这不是人的需要，是大自然的造化。

煤的神秘在于它生命长久的积淀和瞬间的爆发。

它曾经那么绿，曾经多么黑，又曾经多么红；它曾经这么柔软，也曾经这么坚硬；它曾经那么普通，又曾经那么梦幻。

所有的过去，都留在了它生命深处，那是一种充分体验又充满生命虚无的东西，直白地再现了煤的一切。

当人类发现它，千辛万苦把它掘出地层，由黑暗的地底来到阳光下的人世，煤再次经历着人为的进化——由石头变成灰烬；由固体变成液体；由液体变气体。这种种历程完全成就人的需要。人既是它的发现者，也是它的毁灭者，又成为它的再生者。

当听到天道循环、天人合一时，我以为，煤才是这个词的最好解释，才书写出了最独到的见解。

这是远离大山，从不知道大山，不了解大山的蕴藏，不了解大山腹地煤的宿命的人，所不能了解的东西。

学者称，先民每刻画一幅岩画，都会是一个逝去生命的祭奠，一段死亡和轮回的记录。那么，岩画就是贺兰山里最显见的时间的丰碑。

而我常想，曾经遍布北部贺兰山的每一个矿坑和煤田，是什么？

一直以来，它收获的就是截然不同的两种注目，人们离不开它，但是，人们对这样的它不以为意。它是不起眼的，它带来了热与暖，但它也污染了水，污浊了空气，甚至，它一直是全球变暖的祸首，在天然气和石油这些后发现的能源面前，煤有着这种种无可回避的缺点，人们既爱它，又厌恶它。

贺兰山里，存量最多的就是这黑色石头——煤。贺兰山里与人关联最近最多的也是煤。

这也是我最有感觉的物质，是我生活的经历和最日常的点滴。

五亿年，对于煤来说，仍然可谓年轻。不管在地下，还是被采掘出地面，它都有可能再经历一次进化，一次再生。

哪怕最后迎接的终是幻灭。

而五十年，对于人来说，是半世沧桑，是几经辗转。甚至是一辈子。

是啊，一切都因煤而来。没有煤，何来一切？何来我们所在的这个城市？至少，不是煤，何以有这样一个个散落山间的矿镇，何以有这样一个煤城，何以有条条伸入山间的公路和铁路，何以有来自天南海北四面八方的十几万人几十万人。

人来了，才意味着一切都来了。

我要说的是煤吗？是，又不是。

我想说的是，与煤有关的人，与煤有关的岁月，与煤密不可分的生活。

2021 年 4 月 12 日　星期一　于左右仓

我们的时代
Our time